KEIN SATZ IST FÜR DIE KATZ

Motto:

„Hoch auf strebte mein Geist, aber die Liebe zog schön ihn nieder; das Leid beugt ihn gewaltiger; so durchlauf ich des Lebens Bogen und kehre, woher ich kam.“

Friedrich Hölderlin (1770-1843): “Lebenslauf“

„Gescheit gedacht und dumm gehandelt, so bin ich meine Tage durchs Leben gewandelt“

„Du denkst und denkst, wir wollen gerne dir es danken,
doch gib dein Denken nicht, nein, gib Gedanken.“

„Geistreich gelangweilt, ist auch gut unterhalten.“

Franz Grillparzer (1791 - 1872), Wiener Burgtheaterdichter

2017 wurde der Autor für sein literarisches Schaffen mit dem Lehrer-Welsch-Sprachpreis für seine Verdienste um die kölsche und deutsche Sproch/Sprache ausgezeichnet.

Gerhard Uhlenbruck

KEIN SATZ IST FÜR DIE KATZ

„Gedankenspiele zum Ablauf eines abgelaufenen Lebens"

Verlauf eines Lebens, bei dem man sich schon im Anlauf verlaufen hat und was dann ganz anders ablief.

Universitätsverlag Dr. N. Brockmeyer, Bochum 2017

Bibliografische Information der Deutschen Nationalbibliothek
Die Deutsche Nationalbibliothek verzeichnet diese Publikation in der Deutschen Nationalbibliografie; detaillierte bibliografische Daten sind im Internet über http://dnb.d-nb.de abrufbar

ISBN 978-3-8196-1046-2
wg 119

Im Haarmannsbusch 112,
D-44797 Bochum
Telefon +49 (0) 234 9791600,
Telefax +49 (0) 234 9791601
universitaetsverlag.brockmeyer@web.de
Online: www.brockmeyer-verlag.de

Gestaltung und Layout: Helmut Granowski

Gesamtherstellung: Klever GmbH
Braunsberger Feld 11 • 51429 Bergisch Gladbach
Tel. (02204) 98 66 0 • www.kleverdigital.de

Gedruckt auf chlorfrei gebleichtem Papier.

Am Ende eines Lebens fragt man sich, warum es so enden musste, und anstatt sich endlose Gedanken darüber zu machen, macht man sich kurzerhand mit kurzen Sprüchen daran das längst Abgearbeitete aufzuarbeiten. Man versucht anzufangen, indem man es von Beginn an beschreibt in der Hoffnung, dass man vielleicht doch noch ein Happy End findet, so wie ein blindes Huhn auf der Suche nach einem Körnchen Wahrheit: Man kann aber auch krähen wie der Hahn auf dem Mist, und damit angeben, wie toll alles gewesen ist. Doch ist es am Ende gut zu lesen, ist es vielleicht auch gut gewesen! War aber alles nicht gut gewesen, so hat man Grund zur Freude: Die Ausnahme von dieser Regel kommt ganz bestimmt noch! Ein Sonnenuntergang ist immer rosig an zu sehn, und man kann bei seinem Anblick auch im Selbstmitleid von Krokodils-tränen baden gehn. Denn wenn man sein Leben schon abgeschrieben hat, beginnt man es aufzuschreiben, um es noch schönschreiben zu können. Dafür gibt es triste, triftige und triefende Gründe: Alle drei treffen bei mir zu.

Doch man sollte nicht nachtragend sein bei dem, was man hier spruchweise oder mit weisen Sprüchen vorträgt, obwohl einem so manches hochkommt, was man aber dann besser herunterschlucken sollte. Verbitterung macht Verwitterung, das heißt, man altert früher und wer will das schon? Mein Leben verlief nicht immer zufriedenstellend, weil ich immer andere zufrieden stellen musste. Schon als Kind half ich beim Spülen, was dazu führte, dass unsere Köchin nicht immer alle Tassen im Schrank hatte, und meine Scherben ihr kein Glück brachten. Auf diese Weise musste ich schon früh das Handtuch werfen, damit wieder alles in trockenen Tüchern war. Und in der Schule gab es bei schlechten Noten tüchtig was auf die Pfoten. Stockschwerenot: so etwas gibt es heute nicht mehr! Am traurigsten fand ich die kühle Teilnahmslosigkeit von Menschen, die an meinem Leben teilgenommen haben, um mir einen Teil davon zu nehmen und für sich zu beanspruchen nach dem Motto: Teile oder Keile!

Das Leben ist so absurd, dass man es nicht oft genug der traurigen Lächerlichkeit preisgeben kann: Je absurder ein Sachverhalt, umso näher kommt er der Wahrheit! Ihr versuchte ich immer wieder mit anregenden Sprüchen auf die Schliche zu kommen, Sprüche, die Widersprüche erregten. Dadurch geriet ich unter Druck, aber nicht in Druck, weil das Druckfrische nicht als druckreif anerkannt wurde. Vielleicht sollte man nicht etwas zur Sprache bringen, was sprachlos macht, sondern man sollte es geduldig zu Papier bringen. Vom Klopapier wissen wir ja, was es alles aushalten kann. Denn ab und zu weiß man im Leben weder ein noch aus, weil es hin und wieder drunter und drüber geht. Aus Kummer, weil sich keiner um mich kümmerte, verkümmerten auch meine kümmerlichen Ansätze, satzweise mich zu meinem Innenleben zu äußern. Und es bereitete mir Kopfzerbrechen mit Gedankensplittern, warum ich nicht mit dem Kopf durch die Wand der Wunsch-Blockierer wollte, um ihn durchzusetzen. Etwas kopflos hat man so sein Leben auf den Kopf gehauen. Wenn man jedoch kopflos ist, hängt einem auch alles zum Hals heraus.

Dennoch schreibe ich als eine Art Vorwort meine Lebensgeschichte kurz auf, auch wenn mein Leben nicht Geschichte geschrieben hat. Manch einer hat von mir die wenigen Erfolgsrezepte, die ich mir verschrieben habe, abgekupfert, um sich eine goldene Nase zu verdienen, was mir gestunken hat. Vor allem kann ich diese Leute nicht riechen, weil sie anschließend mit Ruhm bekleckert schnell verduftet sind, so dass man ihnen das Unrühmliche nicht mehr unter die Nase halten kann, weil sie dafür gesorgt haben, dass es nicht ruchbar wurde. Das Motto eines Lebenslaufs auf dieser an Schikanen nicht armen Stolperstrecke: Das Scheitern eines Gescheiten durch Erheitern verbreiten und spruchreif zubereiten! Wie kam man vom fröhlichen Flachsinn zum ernsten Tiefsinn? Weil man fasziniert war vom Grotesken des Absurden und das nicht zuletzt durch die eigene Biografie, die ich in Form aphoristischer Biografitti gerne versprühe. Cogito, ergo scribo - so wie libido, ergo amo. Wenn man sein Leben abgeschrieben hat, muss man es dann schonungslos aufschreiben? Am Beginn stand: Mach was Gutes aus Deinem Leben oder das Leben macht nichts Gutes aus Dir! Curriculum curiosum vitae, das ist der lächerliche Versuch, eines Tages glücklich werden zu können: Credo, quia absurdum. Oder, wie wir Mediziner sagen: Wenn man mit seinem Latein am Ende ist, dann fängt man an, sich lateinisch auszudrücken.

Meine Mitmenschen haben mich so oft zum Narren gehalten, dass ich mich inzwischen selbst für einen Narren halte: Vielleicht habe ich mit Rücksicht auf andere zu vorsichtig gelebt. Man ist nur dann fürs Leben talentiert, wenn man seine Talente auch lebt. Wenn ein Leben abgelaufen ist, nimmt man noch einmal einen Anlauf und beschäftigt sich laufend damit: Was ist schlecht gelaufen, was ist gut gelaufen, wo hat man sich verlaufen oder wann ist man in die Irre gelaufen oder anderen ins Messer? Oder ist man beruflich stehen geblieben, weil man bei dieser Konkurrenz zu viel hin und her gelaufen ist wie der Hase und der Igel? Haben Ängste einem Beine gemacht, so dass man in die falsche Richtung lief? Oder hat das Schicksal einen schon beim Start auf dem falschen Fuß erwischt? Blieb man auf dem falschen Standpunkt wie angewurzelt stehen? Oder hat man ihn aufstampfend in seiner Sturheit festgetreten? Wissenschaft heißt nicht neue Wege gehen, sondern erkennen, wo man neue Wege anlegen kann.

Was den eigenen Ehrgeiz dabei betrifft: Selbstdarstellung durch Selbstklarstellung! Doch Eigenliebe macht dabei die Augen trübe! A propos Augen: Ich war ein kurzsichtiges Kind weitsichtiger Eltern. Da dieses Phänomen die Vaterschaft hätte in Frage stellen können, bekam ich auch keine Brille. Die ließ ich mir dann als ich volljährig war, auf eigene Kosten anfertigen, damit ich nicht blind der Realität begegne oder mich blindlings in ein erotisches Abenteuer stürze. Derart in meinem Blickfeld eingeengt, entwickelte ich mich zu einem weltfremden und phantasievollen Menschen, dem zunächst auch die Menschen dieser Welt fremd blieben. Später entdeckte ich jedoch die verschiedensten Charakter-Typen, die mich über die Gipfel und Abgründe in menschlichen Seelenlandschaften staunen ließ. Damit war auch das Interesse an der Vererbung und Regeneration von Genen im Verlaufe von Generationen geweckt, und so suchte ich mein Heil in der Wissenschaft vom Heilen. Als überzeugter Hypochonder studierte ich logischerweise Medizin, was meinen Glauben an die Allmacht der Gene und die Ohnmacht des freien Willens etwas in Zweifel gezogen hat. Im Verlaufe meiner Dissertation über Doppelbindungen (sic!) bei ungesättigten Fettsäuren landete ich in der Biochemie, wo ich ein neues Ufer entdeckte, an dem ich tiefe Spuren hinterließ, die später durch die Flut neuer Publikationen aber versandet sind.

Oft bekomme ich am Schreibtisch Lampenfieber und eine rote Birne, was auch den Leser aus der Fassung bringen könnte. Doch einen Lebenslauf schreibt man wie einen Nachruf: Besser eine etwas subjektiv gefälschte Wahrheit als richtig gelogen! Jeder ist seines Glückes Schmied, aber er muss wissen, welches Eisen ihm die Genetik in die Wiege gelegt hat, wo in den Brennpunkten des Lebens Feuereifer gefragt ist, um das Eisen zu schmieden, und wo der Hammer ehrgeiziger Motivation hängt: Nicht Amboss sein, sondern selbst zuschlagen. Leider spielten in meinem Leben auch Triebkräfte eine Rolle, oft waren sie die treibende Kraft, die Gutes wollte und doch dem Bösen Tribute zollte!

Meine Mutter fand das gut, hatte selbst aber nie unbedacht den Kopf verloren: Was in dem vorging, dem pflegte sie Tagebuch-schreibend nachzugehen. Mein Vater hatte beim Kennenlernen leidenschaftlich Feuer gefangen und entwickelte dabei eine männliche Wärme, die fast heißblütig wurde, als meine Mutter beiläufig noch von ihrer Kohle redete. Aber nicht die Tatsache, dass sie besonders betucht war, kleidete sie ganz schön, sondern ihre fundierte, vor allem literarische Bildung verlieh ihr eine beeindruckende Ausstrahlung. Sie war die Tochter eines Solinger Schlüsselfabrikanten, was es meinem Vater nicht gerade leicht machte, den Schlüssel zu ihrem Herzen zu finden. Beide haben dann im Dom-Hotel zu Köln geheiratet. In der Hochzeitsnacht, Zimmer 305, muss ich dann auch wohl und nicht übel gezeugt worden sein, denn bei der anschließenden Hochzeitsreise, eine von meinen Großeltern großzügig gesponserte Kreuzfahrt, konnte ich nicht gezeugt werden: Mein Vater vertrug den Seegang nicht und musste unwohl schwankend zwischen Bett und Bordwand dauernd den Göttern opfern anstatt dem Gott der Liebe. Urlaub nennt man auch Erholung, weil man sich danach von ihm erholen muss. Wir werden das Kind schon schaukeln bzw. beim Schaukeln machen: Genau das wurde mir also nicht zugemutet. Das Sich Übergeben-müssen wiederum konnte meine Mutter nicht riechen und ließ ihn daher auch nicht näher zu sich kriechen, denn für die Liebe muss man eben eine Nase haben wie ein Trüffel- Schnüffler und sich gegenseitig riechen können. Im Übrigen aber konnten sie sich gut riechen, weil keiner seine Nase in die privaten Interessen des anderen steckte.

Genau neun Monate nach dem Hochzeitsessen erblickte ich dann das elektrische Licht der Uni-Klinik Köln, einer der ganz wenigen Lichtblicke in meinem Leben. Obwohl ich mich zuerst quer gestellt hatte, kam ich in Steißlage zur Welt, d.h. ich versuchte schon von Beginn an, mein wahres Gesicht zu verbergen. Bereits damals stellte man fest, dass man mich gut einwickeln konnte, was die Entwicklung zu einem windelweichen Menschen gefördert hat. Das hat sich bis heute nicht geändert, und so habe ich ein Leben lang versucht, mich frei zu strampeln und mein Leben in trockene Tücher zu bringen. Wegen Übergewichts bei der Geburt behauptete meine Mutter immer, ich sei eigentlich nur einmal im Leben groß heraus gekommen. Heute sorgt Übergewicht dafür, dass ich wieder schneller aus dem Leben herauskomme. Dem gegenüber habe ich dann den Dauerlauf entdeckt und bin meinem eigenen Rat laufend gefolgt. Während meine Mutter meinen Durst durch Stillen stillte, stillten dann später andere Frauen meinen Lebensdurst - im Stillen, das heißt stillschweigend. Ich hatte dabei Bindungsängste und sie hatten Ängste, weil sie schon gebunden waren.

Getauft wurde ich im Dom: Durch das Weihwasser kam ich auf diese Weise zum ersten Mal mit Bakterien in Berührung, die später in meinem Leben noch eine Rolle spielen sollten, weil ich mich mit ihrem fundamentalen Haftmechanismus auseinandersetzte: Bleibt das Lebende an der passenden Stelle kleben, dann vermehrt sich auch das Leben. Gilt nicht nur für Bakterien. Ebenfalls fand ich heraus: Haften Bakterien an unserem Schleim, gehen sie uns auf den Leim, und die Zelle wird nicht ihr Heim. Dann macht sich die Immunabwehr auf sie einen Reim: Angriff ist die beste Verteidigung! Und: Damit Bakterien nicht haften, müssen Fresszellen sie verkraften. Und in Bezug auf unsere Abwehrkräfte stellte ich fest: In einem gesunden Körper sind gesunde Antikörper.

Ich blieb auch im weiteren Verlauf meines Lebens an der Uni-Klinik in Köln, wo mir damals in der Forschung so manches Licht aufging, ohne dass ich eine Leuchte wurde. Meine Mutter sah das ähnlich, indem sie sagte: Der eigentliche Durchbruch in Deinem Leben, das war Dein Blinddarm. Das Geburtszimmer in der Uni-Frauenklinik gehört heute zur Zahnklinik. Früher habe ich dort geschrien, als die neuen Zähne heraus kamen, heute schreie ich da, wenn die alten Zähne herauskommen, denn ich möchte nicht gerne auf dem Zahnfleisch gehen, weil man dann keinen Zahn mehr zulegen kann. Mit jedem Zahn verliert man an Selbstwertgefühl, weil man dann nicht mehr den echten Biss auf das liebe Leben und das Liebesleben hat. Lieber aggressive Anti-Thesen als passive Prothesen im Mund. Und beim Küssen den Mund halten oder nicht zu weit aufmachen, das bekommt nun eine ganz andere erotische Bedeutung: Bei dem, der viele Brücken und Plomben im Mund hat, wirkt ein Kuss tatsächlich elektrisierend. Ist eine Frau zu zahm, stimuliere sie mit Amalgam.

Etwa 176 m von meinem Geburtszimmer entfernt arbeite ich heute noch als Eremitus und Emeritus. Emeritus heißt: Wegen der großen Verdienste bei kleinem Verdienst hat man sich um die Wissenschaft und Lehre verdient gemacht. Eremit heißt Einsiedler, d.h. es steht einem noch ein Zimmer zu, eine Abgeschlossenheit, in der man den seltenen Besuchern sehr aufgeschlossen entgegenkommt. Als Blutgruppenforscher war ich sogar ein echter Vollblutwissenschaftler gewesen, der blutigen Anfängern das ABO der Transfusion beibrachte. Immerhin kann ich in Metern angeben, wie weit ich es im Leben gebracht habe, eine ganz persönliche Ermessenssache. Heute verlängere ich durch Gehen mein Leben. Ich bin gespannt, wie weit ich komme. Eremit heißt auch, dass man so alleine ist, dass es schon an Einsamkeit grenzt. Doch von meinem Labor aus habe ich sogar reale Aussichten: Ich blicke auf den sogen. Geusen-Friedhof, auf dem so manche verkannte Größe ein unterirdisches Dasein führt, was nicht mehr da sein kann. Konkret sind auch die Aussichten vom Zimmer meiner Privatwohnung: Ich schaue auf ein Altenheim, wo man sich alt, aber nicht heimisch fühlt.

Da ich im Zeichen des Zwillings geboren wurde, hatte ich auch immer einen neben mir gehen. Mein sogen. Zwillingsbruder wurde dann auch etwas über ein Jahr später geboren. Wir waren uns nicht unähnlich: Äußerlich zwar zweieiig, innerlich mehr eineiig. Er hat das gleiche erreicht wie ich, nur viel mehr. Ihm kam die Gnade der späteren Geburt zugute, und so konnte er nachmachen was ich ihm vormachte und vor allem aus meinen Fehlern lernen. In meinem Windschatten wurde er so groß, dass er mich in den Schatten stellte. Im Schatten fühlte ich mich aber nie wohl und bekam immer eine Gänsehaut. Die bekam ich auch, wenn andere mich ganz cool gerupft und sich mit meinen Federn geschmückt haben. Natürlich zeigt der Gerupfte Blößen und fühlt sich bloßgestellt, denn den Nackten trifft immer der blanke Hohn. In der Regel kleidet er sich dann mit dem Mantel des Schweigens. Auf diese Weise hatte ich mir auch zugleich ein dickeres Fell zugelegt, ein schwerwiegender Entschluss, der mir bei meiner Dünnhäutigkeit aber gleichzeitig zu einem stabilen Nervenkostüm verhalf.

Um Missgunst zu vermeiden, stellte ich mein Licht unter den Scheffel und den Scheffel nicht in den Schatten, eine Schirmherrschaft, die mich schützen konnte und etwas wärmte. Oft ist es doch so, dass einem erst ein Licht aufgeht, wenn man in den Schatten gestellt wurde. Wer sich im Ruhm sonnt, stellt diejenigen, die hinter ihm stehen, in den Schatten. Wenn man aber Schwein hat und immer im Rampenlicht steht, merkt man gar nicht, dass man allmählich zur Rampensau wird, von der zweideutige Schweinereien erwartet werden, damit andere sich saumäßig freuen können. So verwundert es nicht, dass mir von meinen Vorträgen manches nachgetragen wurde. Andere Vorträge waren da schon längst vergessen Ich verkrümelte mich oft, so dass mein Bruder mir als Doppelgänger und als meine eigene Reinkarnation nicht auf den Keks gehen konnte. So gesehen setzte sich der Ehekrieg meiner Eltern logischerweise in einem Bruderkrieg fort: Der eine kam auf den Vater, der andere auf die Mutter: Man konnte nicht mit-, aber auch nicht ohne einander auskommen. Man hat sich dabei nicht in den Arm, sondern eher humorvoll auf den Arm genommen. Auf diese Art war mein Leben so kurzweilig, dass es nie langweilig wurde.

Im Übrigen mache ich mir nichts weis und ärgere mich auch nicht schwarz, denn ich möchte nicht das schwarze Schaf sein, was ungeschoren davon kommt. Hauptsache, man hat eine weiße Weste, und da trifft man bei mir ins Schwarze, weil Dunkelziffern familiären Konkurrenzverhaltens ausgeblendet wurden. Alles ging immer sehr demokratisch vor sich: Wie Regierung und Opposition ergänzten wir Brüder uns gut. Es ist nun mal so: Der Ehrgeizige geizt mit der Ehre des anderen, aber nicht mit der eigenen. Es gibt auch im Bereich der Tiefpunkte Höhepunkte, nur sind die nicht so hoch. Und obwohl ich einige Male im Dreck gesteckt hatte, hatte ich nie Dreck am Stecken. Oft habe ich aber in Selbstmitleid zu heiß gebadet, was ohne Gefühlskälte für einen Dünnhäutigen sehr schmerzhaft ist. Eher habe ich den Fahrtenschwimmer in Selbstmitleid mir erworben, auch eine Art, die Ellenbogen zu benutzen.

Zur Konkurrenz sage ich ohnehin immer: Friede eurer Masche, ihr macht mich nicht zur Flasche! Als Chef habe ich andere auf den Weg gebracht, aber nie zur Strecke. Nicht selten hat ihnen der Weg auch etwas gebracht, d.h. sie haben es zu etwas gebracht. Denn das Ziel im Leben ist, dass der Lebensweg das Ziel ist. Deshalb sollte man auch zielstrebig nach der passenden Startmöglichkeit suchen. Man agiert dann allerdings selten wie ein weiser Wegweiser, oft nicht weise genug, um sich in die richtige Richtung zu bewegen um dann selbst einen eigenen Weg zu gehen. Anderenfalls man bleibt stehen wie eine Art Windmühle: In dem Fall brachten mich meine Flügel nicht zum Fliegen, aber sie brachten den Aufwind für die Höhenflüge anderer. Und Andere folgten mir nach, um meine Nachfolge zu beerben ohne mit meinem Namen zu werben. Man muss sich eben früh genug vorsehen, damit man nicht später das Nachsehen hat. Das spürt man vor allem, wenn einer hinter mir ist, heiße Luft verbreitet und in meiner Spur stolpert, denn dann fällt er mir in den Rücken. Manche meinen, wenn sie viel Wind machen, folgt auch ein Beifalls-Sturm, doch oft stehen sie danach im Regen und ohne Schirmherrschaft.

Doch die meisten spuren in meiner Spur ohne eigene Spuren zu hinterlassen, sie vertiefen nur den Eindruck, den ich hinterlassen habe.

Wer hinter mir geht, der hintergeht mich, um dann hinter meinem Rücken hervorzugehen. Andere gehen aus sich heraus, spuren nicht mehr und verlassen die Spur, um mich überspurten zu können. Da ich oft den unteren Weg gehe, werde ich oft übergangen. Gerne unternehme ich viel und bin oft unterwegs ohne mich bei meinen Unternehmungen zu übernehmen. Dabei bringe ich manchmal abwegige Gedanken zuwege, die ich notiere, damit man später einmal Notiz davon nimmt. Unterwegs gabelt sich der Weg auch manchmal: Komik oder Tragik. Dann steht eine Entscheidung auf des Messers Schneide und man muss sich für die bessere Schnittmenge entscheiden ohne sich dabei ins eigene Fleisch zu schneiden. Meist schlage ich dann den falschen Weg ein, um dann nach dem richtigen zu suchen. Es ist wie beim Lebensweg: Das, was rechtens wäre, lässt man links liegen. Es ist nun mal so: Bei dem, was man sich hinter die Ohren schreiben sollte, sind die meisten von uns Analphabeten.

Apropos Lebensweg: Da gibt es auch Seiteneinsteiger! Manchmal kreuzten unverhofft Frauen meinen Lebensweg, machten ein Kreuz durch mein bisheriges Leben und kreuzten an, was ich zu tun hatte. Danach konnten sie mich aufs Kreuz legen, ohne mir das Rückgrat zu brechen. Testosteron ist bekanntlich ein Hormon, welches wir Männer immer wieder testen müssen, das will die Natur so und daher der Name. Die Liebe zielt aber auf gemeinsame Ziele ab, und da hat oft jeder ein eigenes im Visier. Aber für gewöhnlich ist der Mensch auch ein Gewohnheitstier. Man gewöhnt sich an die Gewohnheiten des anderen und übernimmt sie oft sogar: Die Geburt der Tandem-Ehe.

Das Leben besteht aus Dichtung, Abdichtung gegen andere und angedichteten Halbwahrheiten, wer jedoch zu viel davon von sich gibt, ist nicht ganz dicht. Da sich vieles dabei übereinander lagert und wiederholt, verdichtet es sich zu Wahrheiten, die wir für die Wirklichkeit halten. Eigentlich, und ohne es zu wollen, habe ich mit wechselndem

Erfolg an meiner Erfolglosigkeit gearbeitet. An dem dicken Fell, einschließlich des dicken Trommelfells meiner Mitmenschen, bin ich abgeprallt und fühlte mich geprellt. So nahm ich mir vor nach dem Motto zu schreiben: In blauen Flecken die blaue Tinte entdecken. Und zu jeder Prellung nahm ich aphoristisch Stellung. Denn wer in der Tinte steckt, hat Blut geleckt was das Schreiben anbetrifft. Oft geschieht das nicht ohne Humor, denn Humor ist die lustige Form der Aggressivität und richtet sich immer gegen etwas, was einen bedrückt, unterdrückt oder erdrückt, sei es politisch. privat oder im beruflichen Bereich. Auf die Frage: Warum schreibst Du? Antworte ich immer: Weil ich dann weder Pensionär noch Rentner bin, sondern ein „Freier Schriftsteller"! Das macht immer einen enormen Eindruck und verschafft respektvolle Anerkennung.

Denn man muss auch mal Luft ablassen, nicht nur von vorne, auch wenn es anderen gelegentlich stinkt, sonst bekommt man noch Platzangst. Ich lese aber auch zur Entspannung in meinen Tagebüchern um wenigstens in meinen früheren Gedanken voran zu kommen, und versinke lieber in Gedanken, bis ich Boden unter die Füße bekomme und den Grund spüre. So entstehen dann meine Grundsätze, die für andere oft unergründlich sind. Wenn trübe Gedanken sich absetzen und zum Bodensatz werden, entsteht immer eine gewisse Klarheit. Tagebücher sind wie Muscheln, in denen man erst viel später eine Perle entdeckt, wenn man in die Vergangenheit taucht.

Denn wo kein Wille unterwegs ist in Richtung Erkenntnis, ist auf lange Sicht auch kein Weg, was halbwegs verständlich ist. Mir fehlte es nicht an Willen, aber weil ich langfristig kurzsichtig gewesen war, fehlte mir das Training für den Weitblick einer einsichtigen Selbsterkenntnis. Das lässt tief blicken, was meine Absichten anbetraf: Das Fehlverhalten anderer faszinierte mich mehr als das eigene. Mit diesen Gedankengängen unterwegs zu sein erweitert zwar den Blickwinkel, aber oft auch den

Horizont. Wenn man die Steine, die einem dabei in den Weg gelegt wurden, fortwälzt, geht es einem wie dem berühmten Sisyphus, der meiner Meinung nach den Stein der Weisen entdeckt hat: Die permanente Wiederkehr des Gleichen als gesunde Gewohnheit, denn man bleibt dabei immer in Bewegung. Es ist kaum ein Ende abzusehen, die Rolling Stones sind ein Beispiel dafür: Man bleibt dabei fit, wird sehr alt und sieht dann auch so aus. Unterwegs bin ich nicht selten auf einem Stein sitzen geblieben, weil ich den falschen Standpunkt eingenommen hatte. Damit ich ihn nicht festtrete, habe ich mich auf die Socken gemacht, um anderswo besser Fuß fassen zu können. Leider ist dabei einiges schiefgegangen, was mein Leben in eine gewisse Schräglage gebracht hat.

Mein Steckenpferd wurde auf diese Weise Schusters Rappen. Schließlich ist ein Steckenpferd das beste Mittel gegen ein zügelloses Leben. Ihm gab ich die Sporen, was mich anspornte. Ich sah mich auf dem besten Wege, das Beste aus meinem Lebensweg zu machen. Denn von der Wiege bis zum Grabe: Gehe täglich oder trabe! Gehen hat Hand und Fuß, was die Gesundheit anbetrifft, und als Arzt habe ich mir selbst Beine gemacht, nachdem ein Kollege mich vorher auf den Kopf gestellt und auf Herz und Nieren geprüft hatte. Auf weiten Wegen kommen auch Gedankengänge dabei nicht zu kurz. Weitgehend geht es mir so weit gut. Denn es geht einem gut, solange man noch gut gehen kann. Vieles geht jedoch nicht mehr, wenn man nicht mehr geht, weil auch andere Dinge dann nicht mehr in Gang kommen. Und wenn man nur sitzt, geht einem das Leben sozusagen am Arsch vorbei. Zu viel Fleisch ist nicht gesund, und ein Zuviel an Sitzfleisch ist besonders ungesund, weil man dann schneller den Weg allen Fleisches geht. Man soll nicht im Sitzen Schwitzen, sondern eher beim Flitzen: Beinarbeit für Kopfarbeiter, das verschafft offene Arme für viele Ideen.

Aber kann man so Geld verdienen? Da meine Mutter immer etwas verschnupft war wegen des Haushaltsgeldes, bekam sie später den Niesbrauch am Gesamtvermögen, weshalb dann wir Kinder die Nase voll hatten, aber nicht die Taschen. Doch meine Mutter hatte zuhause immer das Sagen, weshalb ich schon früh erfuhr, woher der Name Muttersprache kommt. In der Schule war ich ein echter Überflieger, d.h. ich überflog immer nur alles in der Hoffnung, dabei keine Bauchlandung zu machen, fiel aber dabei so auf die Nase, dass ich diese fortan intensiv in die Bücher steckte, was bei meiner Kurzsichtigkeit logisch war, aber bildungsmäßig zu einer gewissen Weitsichtigkeit führte. Nach der Schulbildung trat mich mein Vater immer, ich solle doch in seine Fußstapfen treten, wenn er mal abtreten müsste. Zuerst stapfte ich auch mit dem Fuß auf, aber dann spurte ich und ging in seiner Spur, ohne allerdings seinen Eindruck zu vertiefen. Ich konnte ihm dabei nicht auf die Füße zu treten, sah aber von hinten des Öfteren seine Achillesferse. Apropos Fußstapfen: Wenn man alle die Fettnäpfchen zählen würde, in die ich getreten bin, müsste man mich zur Gattung der Tausendfüßler rechnen, allerdings mit schlechten Fußnoten. Dummerweise habe ich mich oft nicht klug angestellt und war auf dem besten Wege, dem Guten aus dem Weg zu gehen.

Trotzdem sah ich mich immer als einen sehr positiven Menschen, was zur Folge hatte, dass ich eine magnetische Anziehungskraft für negativ eingestellte Menschen hatte. Deren Einstellung änderte sich dann so, dass sie das Glück hatten, kein Pech zu haben, während ich das Pech hatte, kein Glück zu haben. Als Pechvogel klebte mir das Pech an den Flügeln, aber gerade das reizte mich zu geistigen Höhenflügen, die meist ein Ikarus-ähnliches Ende nahmen. Mein zweites Steckenpferd Pegasus hatte leider einen Pferdefuß, auf dessen Achillesferse hätte sich selbst Achilles keinen Vers machen können, denn meine Gedichte verdichteten sich zu Aphorismen. So bin ich letzten Endes nie über einen Satz hinausgekommen. Es waren oft Heilsätze, die nicht nur mich von mir, sondern auch andere von mir geheilt haben. Geistige Kurzschlüsse, nachdem die Gedanken lange genug geschmort hatten, sozusagen ein Funken Verstand, zu verstehen in einem Satz, der gelegentlich sogar einmal zündet. Oft ist man bei seinen Sticheleien auch sein eigener Stichwortgeber, weil ein Wort das andere gibt.

Ich wurde zwar nicht anerkannt, wo ich anerkannt werden wollte, aber als Aphoristiker von denen erkannt, die nun ebenfalls begonnen hatten, Aphorismen zu schreiben. Wer zu früh kommt, den bestraft eben das Leben. Schon vom Sport her wusste ich, dass derjenige, der ein Läuferfeld anführt, ganz selten der Gewinner ist. Ähnlich wie beim Erfolgreichen sich der Reichtum meist ganz von selbst vermehrt, so wird auch die Erfolgsarmut von diesem Phänomen betroffen. Diese Betroffenheit war für mich ein weiterer Grund, die betreffenden Gründe treffend zu beschreiben und mit spitzen Sprüchen nicht ohne Spaß aufzuspießen. Schreiben heißt für mich auch: Hinter der Ziellinie des beruflichen Lebens einen weiteren Startversuch starten, bei dem es nicht um das derzeitige Tempo, sondern um vergangene Tempora geht. Nur trockener Humor kann dabei dem Tränen-getränkten Sumpf des Selbstmitleids das Wasser abgraben.

Glück gibt es eben nicht am Stück, doch die unglücklichste Liebe ist meist die zu sich selbst: Man hat zwar alles erreicht im Leben, nur nicht seine Ziele. Oft liegt es daran, dass man mit Menschen zu tun hatte, die mit Menschen wenig zu tun haben, obwohl sie sich Mitmenschen nennen. Ich schreibe auch deshalb, weil ich nie viel zu sagen hatte, und das ist recht vielsagend. Mein Verleger ist sehr verlegen deswegen. Ein anderes Problem ist die Fitlife crisis: Man ist fit, aber weiß nicht mehr wozu. Denn im Alter muss man auf dem Posten sein, damit man noch auf einen Posten kommt, wenn man keinen Posten mehr hat. Nur wer sich noch eine Aufgabe gibt, gibt sich nicht auf! Die meisten Männer in meinem Alter befinden sich auf dem Wege von important zu impotent, doch man will immer noch den Frauen imponieren in der stillen Hoffnung, dass man nicht auf die Probe gestellt wird. Mit anderen

Worten: Im Alter bekommt auch der Mann seine Migräne und so lässt er den Kopf hängen, und nicht nur den.

Meine Großmutter sagte immer: Wenn Du die Frau Deines Lebens finden willst, musst Du zuerst heiraten. Danach haben bekanntlich alle Männer die Frau ihres Lebens gefunden. Sie konstatierte auch: Männer sind Angeber - jedem Gockel seinen Sockel. Oder: Des Lebens Sinn und Traum hängt an einem Stammesbaum. Meine Großmutter sollte oft recht behalten. Und sie fügte hinzu: Die besten Erfahrungen mit Frauen machst Du mit Frauen, die schon bessere Erfahrungen gemacht haben. Ich selbst hatte später nie Probleme mit Frauen, aber oft Frauen mit Problemen. Von den Problemen habe ich mich immer gelöst, was für die Frauen auch keine Lösung war, und für mich problematisch. Meine Oma sagte auch: Drei Dinge sollte man bei Frauen nicht glauben: Das Alter, die glückliche Ehe und was den sogenannten Höhepunkt anbetrifft. Was tut man nicht alles, um den Trauschein zu wahren! Eine glückliche Ehe ist, wenn man sich anfangs kurzweilig lieben gelernt hat und am langweiligen Ende immer noch nicht kennen gelernt hat. Vom Animieren bis zum Re-animieren: Dazwischen sind viele Schikanen eingebaut auf der kurvenreichen Route des Ehe-Glücks. Doch einen verstorbenen Partner hebt man in den Himmel, um ihn vor der Hölle zu bewahren: Der Nachruf ist viel besser als der Ruf zu Lebzeiten. Meine Oma führte eine normale Tolstoi-Ehe: Krieg und Frieden nach dem Norbert Blüm Prinzip: Hauptsache die Rente ist sicher!

Als ich sie einmal fragte, ob sie Angst vor dem Tod hätte, sagte sie: Nicht vor dem Tod, aber vor dem dummerweise vorgeschalteten Sterben. Aber bisher hätte das noch jeder geschafft. Schön wäre nur, dass man die Erbstreitigkeiten danach nicht mehr mitbekäme. Und schade wäre, dass man seine Schadenfreude bei der Testamentseröffnung nicht mehr genießen könnte. Sie sagte auch: Ein phantastisches Leben lebt und beschreibt man nur in der Phantasie. Sie meinte, ich solle mir deshalb jede nur mögliche dichterische Freiheit nehmen: Meine Worte wären zwar nur Schall und Rauch, aber auf dem Papier würden sie Schmauchspuren hinterlassen. Wenn dieses Papier vervielfältigt würde, könnten sogar einige dieser Spuren überleben. Ihren Optimismus hätte ich gerne geerbt. Denn ist das Ende nicht gut, endet alles nur in Wut. Daher sieht man es meist als vollendet an, d.h. einige Möglichkeiten wurden bis zum Ende voll ausgenutzt, natürlich abgesehen von den vielen, die man nicht genutzt hat. Die Möglichkeit, einige Einfälle dazu aufzuschreiben wurde im Folgenden genutzt.

Dazu noch etwas von meiner semi-fiktiven Oma: Verliere in all Deinen Verstrickungen nie den roten Faden. Irren ist menschlich, aber einen Irrtum zugeben, ist menschlicher. Wer das falsche Ziel als Sieger erreicht, hat auch verloren. Die Bilanz eines erfolgreichen Lebens kann sogar negativ sein, denn es sind nicht die Erfolge, die zählen, sondern unsere mit Erfolg erreichten Ziele. Den Lebensweg sollte man sich nicht vorzeichnen lassen, sondern selbst ausmalen. Sonst hat man alles erreicht im Leben, nur nicht seine Ziele!

AUGEN-ÖFFNER: SATZWEISE OFFENE WORTE.
Von Gerhard Uhlenbruck

Manche Sätze, die was taugen, öffnen uns manchmal die Augen, und finden so den Weg in das Gehirn wie durch ein Nadelöhr der Zwirn, andere bringen uns jedoch zum Denken, indem sie mit Erkenntnis uns beschenken.

Sprichwörtliche Aphorismen, Anti-Sprichworte und verfremdete Redensarten: Verbale Radschläge als Ratschläge, Sprichworte als Stichworte.

Bei manchen Gedanken spielt die Sprache mit dem Gedanken.

Manches kann man nur schwarz auf weiß zur Sprache bringen.

Kurz gesagt, was einen plagt, bevor es an Deinem Herzen nagt.

Aphorismen I: Zeilen zum Verweilen, aber auch zum Heilen.

Aphorismen II: Verteile Keile mit einer Zeile.

Diagnosen in kurzen Sätzen sagen mehr als langes Schwätzen.

Im Alter fällt das Denken schwer, doch gerade dann tut man es immer mehr.

Frech gesagt ist halb gewonnen, wenn auch manchmal unbesonnen.

Schwarz auf weiß, das macht mich heiß, und Papier ist ungeduldig weiß.

Stress: Was man in sich hineinfrisst, frisst weiter.

Wenn man zwischen zwei Stühlen sitzt, kann man das nicht auf einer Backe absitzen.

Wenn ein Arzt sie kennt, sind gute Worte wie ein Medikament.

Zankäpfel: Gehören häufig zum Stammbaum einer Familie. Liebe heilt - manchmal sogar von der Liebe.

Sport ist Mord an vielen Krankheitsursachen: Auch Schweißtropfen sind Medizin!

Des Patienten Wille: Ein Leben mit der Wunder-Pille.

Resignation, das ist die Ruhe nach dem Sturm.

Gewissensbisse machen auf die Dauer bissig.

Schilddrüse: Man diagnostiziert um Kropf und Kragen.

Dem Frauentyp sind alle Frauen lieb, auch die ihm nicht gefallen, tun ihm gerne einen Gefallen.

Psychotherapie verkürzt die Tragweite von dem, was man mit sich herumträgt.

Wenn man nicht laufend geht, bekommen unsere Gedankengänge kalte Füße, denn Gedanken können beim Gehen besser Fuß fassen.

Gleich und gleich verprellt sich gern, denn jeder will der Bessere sein.

Gesundheit fängt im Kopf an, und macht sich dann auf die Beine.

Das Unglück unterscheidet sich vom Glück durch die längere Dauer.

Wenn du einen Menschen erfreuen willst, frage seine Feinde und sage das Gegenteil.

Attraktivität entwickelt einen gewissen Magnetismus, eine Anziehungskraft, die schwach macht.

Wer das Ruder übernimmt, rudert nicht.

Dem Leithammel folgen die Neidhammel, auch wenn er ein schwarzes Schaf ist.

Die Quadratur des Greises: Blutdruck, Puls, Zucker und die Fette kreisen um die Wette.

Gehen: Wenn man die Beine bewegt, kommen die Gedanken in Gang und gehen einem durch den Kopf.

Wenn die Tage gezählt sind, fangen die Erben an zu rechnen.

Partnerschaft: Wer über oder unter einem steht, nicht Seite an Seite mit einem geht.

Wenn man oft die Nerven verliert, endet man schließlich wie ein Nervenbündel.

Eine schöne Frau braucht viel Geld, aber nicht für sich, sondern nur für Ihre Ausgaben.

Fernsehen ist ein Zeiträuber: Die große Welt kommt zu mir, aber ich komme nicht zu meiner kleinen Welt.

Was mir gut tut, ist gut, solange es für andere nicht schlecht ist.

Steine lassen sich erweichen, bei einem Herz aus Stein lässt das sich nicht erreichen.

Blinddarm-OP.: Wenn einen der Wurmfortsatz fortgesetzt wurmt.

Wenn einem das Leben wie die Hölle vorkommt, ist der Glaube an den Himmel lebensnotwendig.

Da die Liebe blind und taub macht, werden die anderen Sinnesorgane besonders aktiviert, vor allem der Geruchs-, Geschmacks- und Tastsinn.

Komplimente warten auch auf ein Echo, was zurückkommt.

Beim Versuch sich zu profilieren, verlor er sein Gesicht.

Altwerden beginnt, wenn man sich alte Gewohnheiten nicht mehr abgewöhnen und neue Gewohnheiten sich nicht mehr angewöhnen kann.

Schicksal besteht aus dem Zufall der individuellen genetischen Prägung und dem dadurch vorgegebenen Spielraum unseres freien Willens.

Das Herz pocht heftig, wenn die Liebe anklopft.

Die nackte Wahrheit umhüllt sich gerne mit dem Mantel des Schweigens.

Der Erfolg seiner Unfähigkeit hieß Misserfolg.

Der Glaube, dass sich etwas von selbst erledigt, kann Berge von Akten in den Ruhestand versetzen.

Er hatte ein dickes Fell, inklusive sein Trommelfell.

Sportmedizin: Die Theorie der Gesundheit fordert die Praxis täglicher Bewegung.

Was ich von mir halte? Ich halte mir die Daumen!

Das Gehirn ist die Haupt-Sache unseres Körpers: Wir sind Kopffüßler.

Was vom Leben bleibt: Das, was von uns weiterlebt.

Gelassenheit: Die Dinge einmal laufen lassen ohne sich selbst gehen zu lassen.

Rentenalter: Eine lange Weile Langeweile, was soll da noch die Eile.

Krankheit macht Angst - und umgekehrt.

Er hatte Glück im Leben, aber es war nicht das Glück, was er gebraucht hätte.

Die Summe aller Winkelzüge in einer Dreiecksbeziehung ist recht eckig: Man eckt damit an.

Therapie-Erfolg: Manchmal hat dem Patienten auch sein Aberglaube geholfen.

Burn-out: Die Arbeit fraß ihn auf, das zehrte an ihm.

Irren ist menschlich, auch wenn sich Pessimisten nur sehr selten irren.

Irren ist menschlich, aber weshalb treffen wir auf unseren Irrwegen so wenige von ihnen?

Wer auf andere hört, der gehorcht auch.

Die Wahrheit enttäuscht oft, die Unwahrheit täuscht uns immer.

Der graue Alltag beginnt mit dem Morgengrauen.

Ausgerechnet die Menschen, die einem die Zeit stehlen, haben selbst meistens schon zu viel an Zeit.

Ironie, das heißt Salz in eine Wunde streuen.

Liebe auf den ersten Blick: Beim Mann hängt sie vom Aussehen einer Frau ab, bei der Frau kommt zum Aussehen noch das Ansehen eines Mannes dazu.

Wer sportlich lebt, der kann auch andere Hürden im Leben besser nehmen.

Die beste Bepflanzung eines Grabes: Mit Vergißmeinicht.

Was Gefühle regeln, ist oft gegen alle Regeln der Vernunft.

Sport bietet die Möglichkeit, auch ohne Ellenbogen nach oben zu kommen?

Prognose bei Patienten: In dubio pro spe.

Die älteren Sportler werden nicht jünger, sondern nur langsamer alt.

Kritik: Oft wird das Haar in der Suppe - an den Haaren herbeigezogen.

Unsere Gesundheit ist unbezahlbar, das hat sie übrigens mit der Krankheit gemeinsam.

Die große Liebe möchte, dass Gleiches mit Gleichem vergolten wird.

Hat man Pech in der Liebe, dann malt man sich die Zukunft schwarz aus.

Die Kreativität einer Phantasie zeigt sich in der Architektur von Luftschlössern.

Was die Infektion einer Zelle anbetrifft, so haben auch manche Bakterien das Prinzip des trojanischen Pferdes für sich entdeckt.

Eile mit Weile, denn was man im Schweinsgalopp erledigt, ist oft gesaut.

Von der Wiege bis zum Grabe: Gehe, laufe oder trabe.

Von der Wiege bis zur Bahre: Bewegung ist das einzig Wahre!

Wer sich laufend bewegt, dem geht es laufend besser.

Grundsätze gibt es nicht ohne Grund aufgrund von Erfahrungen, die man hat sacken lassen.

Aller Anfang ist schwer, aber das Ende noch viel mehr.

Korruption besteht auch darin, etwas unter den Teppich zu kehren, ohne dabei Staub aufzuwirbeln.

Zufriedenheit, das ist erschlafftes Glück.

Ausdauernde Bewegung ist gesund: Sisyphos hat uns gelehrt, wie man steinalt wird.

Gehen bringt den Geist auf Trab und macht der Gesundheit Beine.

Was unser Trommelfell schlecht verträgt, das sind die Standpauken.

Trendsetter: Was ihnen vorschwebt, das liegt auch schon in der Luft.

Wer auf die Schnauze gefallen ist, hält erst einmal den Mund.

Wer schleimt, wird zur Schnecke gemacht, auch wenn er glaubt, nicht stolpern zu können.

Ein kluger Kopf kann auch mal ein Dummkopf sein, umgekehrt ist es dagegen selten.

„Sans dents“: Am Verlust der Zähne hat man lange zu kauen.

Wichtig ist, dass man bei jedem Kopf-an-Kopf Rennen die Nase vorn hat.

Man muss nicht auf jede Frage eine Antwort geben, aber man sollte jede Antwort hinterfragen.

Ein gutes Steckenpferd ist Schusters Rappen, man muss sich nur die richtige Stallfirma aussuchen, denn der Schuh muss sitzen will man mit ihm flitzen.

Auch durch Treppensteigen kann man mit seiner Gesundheit ganz schön nach oben kommen.

Treppensteigen, das ist auch so eine Karriereleiter für unsere Gesundheit.

Stress: Seine Nervosität hatte gewonnen - er verlor die Nerven.

So ein Rindvieh: Für ihn war die Ehe nicht mehr als die Ochsentour mit einer dummen Kuh.

Wenn das Interesse am Sport einmal geweckt ist, schläft es so schnell nicht mehr ein.

Schadenfreude: Wenn ich mir die Hände reibe, lache ich mir ins Fäustchen.

Schadenfreude, das sind auch die lautlosen Stimmungskanonen in uns, die uns anfeuern.

Neugierde ist, wenn man da sucht, wo man nichts verloren hat.

Der eigene Ehrgeiz geizt voller Neid mit der Ehre anderer.

Die Gedanken sind so frei, nicht immer verständlich zu sein.

Was man sich in den Kopf gesetzt hat, sollte sich nicht festsetzen.

Mainstream: Auf Trampelpfaden kann man keinen tiefen Eindruck hinterlassen.

Auf eisiges Schweigen reagiert man meistens mit gefrorenem Lächeln: Hm.

Kopfzerbrechen ist kein Schädeltrauma!

Am Anfang Windeln und am Ende Windeln: Dazwischen sollte das Leben in trockenen Tüchern sein.

Krankenanstalten früher: Wie ein Gefängnis ohne gemeinsamen Hofgang.

Chef-Allüren: Wer mir nicht liegt, der fliegt; doch wer auf mich fliegt, der liegt mir - oft zu Füßen.

Durch Schaden wird man klug, nur Versicherungen werden durch einen Schaden ganz besonders klug.

So manch einer, der über seine Verhältnisse lebt, lebt unter seinem Niveau.

Bei einer Trennung sollte man Vorwürfe nicht dem anderen nachwerfen.

Arbeitslosigkeit: Man hängt in der Luft, wenn man nicht irgendwo landen kann.

Seine Frau war ihm so sehr ans Herz gewachsen, dass sie ihm die Herzkranzgefäße zudrückte.

Was einem auf dem Herzen liegt, das ist für die Herzkranzgefäße oft bedrückend.

Wenn man aus sich herausgeht, wen hat man da vor sich?

Schlafmützen gehen einem auf den Wecker.

Der innere Schweinehund bekommt bei so mancher Gelegenheit einen Maulkorb - wegen der Gewissensbisse.

Am besten kommt man mit sich ins Reine, wenn es einem einmal richtig dreckig gegangen ist.

Wer Anderen eine Grube gräbt, sollte sich selbst das Wasser dabei nicht abgraben.

Mainstream als Herdentrieb: Wer mit den Schafen blökt, ist selbst ein Schaf.

Wenn man sich selbst im Wege steht, möchte man am liebsten über seinen Schatten springen.

Menschen, die fest und treu hinter einem stehen, können einem auch einmal den Rückzug versperren.

Dickschädeln geht nichts mehr in den Kopf, ganz gleich was man ihnen auch an den Kopf wirft.

Beim Zweifeln stellt man sich oft die Frage, was man in Frage stellen soll?

Amour fou: Die Liebe zu einem herzlosen Menschen kann kopflos machen.

Im Übrigen: Auf dem Weg zur Selbsterkenntnis kann man nie zu weit gehen.

Der Glaube und die Hoffnung auf Unsterblichkeit sind unsterblich.

Eine Frau mit viel Holz vor der Hütte hat deshalb noch lange nicht ein Brett vor dem Kopf.

Sein Leben war nicht gerade von Erfolg gekrönt: Das setzte seinem Dasein noch die Krone auf - !

Wer ein dickes Fell hat, dem rückt man nicht so schnell auf die Pelle.

Der durch Sport produzierte Schweiß ist auch Wasser auf die Mühlen unserer Gesundheit.

Manchmal sagt man nicht die Wahrheit aus Angst, man würde alleine mit ihr da stehen.

Dass wir Dummheiten machen ist dumm, aber dummerweise gehört das auch zu einem gescheiten Leben.

Mafia: Ausgekochte Typen wirken abgebrüht und hart gesotten.

Scheiden tut weh: Auch wer mit seinem Beruf glücklich verheiratet ist, sollte sich ein Hobby als Geliebte zulegen.

Lebensalter: Hier kommt der Sieger ausnahmsweise als Letzter ins Ziel.

Die Macht der Gewohnheit führt zur Ohnmacht gegenüber dem Ungewohnten und Ungewöhnlichen.

Da die Liebe sich ohnehin nicht erklären lässt, kürzt ein Kuss längere Gespräche darüber und über alles, was beiden auf der Zunge liegt, einfach ab.

Alles in sich hineinfressen: Das tut nur gut, wenn man dabei ein dickes Fell bekommt.

Viele Köche verderben den Brei, aber den vielen Ratgebern im Krankheitsfalle ist das einerlei - .

Hörsturz: Man hatte zu viel um die Ohren - das war ohrenbetäubend.

Geh-sundheit durch Geh-danken auf Geh-Wegen: Fortschritte macht man am besten mit den Beinen - wer gut geht, dem geht es gut, wer schlecht gehen kann, hat ein „Zipperlein“.

Das Wandern ist des Müllers Lust: Er geht, wenn das Mühlrad sich nicht mehr dreht.

Es geht einem gut, wenn man viel geht: Man stellt weitaus mehr auf die Beine.

Durch tägliches Gehen kommt manches besser in Gang.

Ein geistreicher Mensch verteilt seinen Reichtum.

Amtsschimmel: Vieles bleibt liegen, bis es Schimmel ansetzt.

Lobeshymnen: Weihrauch vernebelt die Realität.

Routine ist der Pulsschlag unserer Gewohnheiten.

Liebe ist wie die Zahl Pi: Ohne sie rundet sich nicht unser Leben.

Anpassung: Sich äußerlich beugen ohne innerlich zu brechen.

Bei seinem Steckenpferd ist man sattelfest.

Die Evolutionstheorie bringt heute noch Leute mit affenartiger Geschwindigkeit auf die Palme.

Wissen ist Macht, die uns zu denken gibt.

Beim Schreiben hat man freie Hand ohne die Zunge zügeln zu müssen.

Er führte ein Leben, in dem er geführt wurde, aber er war zu blind, es zu sehen.

Ermüdungsbruch: Als Läufer hatte er beinhart trainiert.

Wer abgrundtief hasst, kennt die Abgründe.

Schicksal: Was man in der Hand hat, kann man manipulieren.

In der Liebe zählt für den Mann die Potenz, für die Frau die Perspektive.

Mit einem Anflug von Selbst-Ironie kann man bei einer Frau besser landen.

Wie man denkt, kann sich ein anderer vielleicht denken, doch Gefühle kann man nicht nachempfinden.

Beim Schreiben gehen Gedanken in Sätze über.

Reha: Längeres Gehen hilft einem immer wieder auf die Beine.

Überlebensstrategie: Is religion an inborn error?

Die Sinnesorgane sind die Arme des Gehirns: Mit ihnen versucht es die Dinge zu greifen, um sie zu begreifen.

Als man ihn in den Schatten stellte, verblasste sein Ruhm.

Das Leben geht weiter, solange man weiterhin geht.

Der Witz ist eine geistreiche Weisheit.

Ein kluger Mensch ist selten clever. Und umgekehrt.

Freiheit: Jedem seinen Spielraum geben ohne das Spiel vorzugeben.

Der moderne Mensch: Ein kühler Warmblüter.

Evolution: Bei keiner anderen Gelegenheit verhalten wir uns so tierisch wie beim Sex.

Kaltes Blut tut dem Kreislauf gut, doch es wird einem weniger warm ums Herz.

Widersprüchlich: Die Realität ist oft das Gegenteil der Wirklichkeit.

Selbsterkenntnis ist oft ungesund.

Lockvogel: Buntes Gefieder beflügelt noch nicht.

Sexualität: Der Weg von den Sinnesorganen zum Gehirn scheint blockiert.

Höflich ist, wer sich für ungewollte Geschenke herzlich bedankt.

Nicht jeder Stammbaum ist ganz astrein.

Wenn man auf der Stelle treten muss, sollte man Schritte dagegen unternehmen.

Nur Dickschädel schaffen den Durchbruch mit dem Kopf durch die Wand.

Wer die Freiheit mit Füßen tritt, hat auch Stiefel an.

Wenn man Schwein gehabt hat, lässt man vor Freude die Sau raus.

Begreifen schafft Begriffe, damit man die Dinge in den Griff bekommt.

Opportunismus: Nur schwarze Schafe heulen mit den Wölfen.

Die Stimmung ist im Keller, wenn man weg vom Fenster ist.

Stress-Resistenz: Wer ein dickes Fell hat, kommt meist ungeschoren davon.

Was einem an die Nieren geht, das hat man im Urin.

Sprichwörtlich: Man soll ein krankes Nierenbecken nicht mit kalten Bieren schrecken.

Fieber: Bei einer heißen Birne - Kühlung auf die Stirne.

Wenn etwas zu langsam geht, wird man zur Schnecke gemacht.

Die falsche Frau findet immer den richtigen Mann.

Ein Erfolgsmensch ist selten als Mensch ein Erfolg.

Ausreden wollen einem immer etwas einreden.

Wenn man schon auf der Stelle treten muss, sollte man Schritte dagegen unternehmen.

Im Übrigen: Ich wollte ein Wörtchen mitreden, kam aber nie über einen Satz hinaus.

Die Mistel ist das Kuckucksei der Bäume, auch eine Form der Zuwanderung.

At the end of a marathon: The slow must go - on!

Was lange sich bewährt bei mir war so gut, dass es geklaut wurde von Dir: Plagiat.

Was man Anderen in die Schuhe schiebt, sollten Einlagen sein, die ihn piesacken.

No risk, no run - no run no fun.

Was lange währt, wird gern begehrt: Alles, was einen ehrt!

Man ist so alt, wie man sich spielt. Frauen leben länger.

Irren ist menschlich, da sollte man sich nicht beirren lassen.

Der Teufel steckt im Detail, regiert aber von dort im Großen und Ganzen.

Sag mir, mit wem Du umgehst, und ich sage Dir worum es Dir geht.

Wer den Kopf einzieht, kann kein herausragender Mensch sein.

Zwischen wach und aufgeweckt ein kleiner Unterschied steckt.

Alkohol: Steter Tropfen höhlt den Stein - der kann auch unter der Schädeldecke sein.

Alle guten Dinge sind drei, sagten sich die drei Affen.

Eine Hand wäscht die andere - in Unschuld.

Damit man mit anderen ins Reine kommt, wäscht eine Hand die andere.

Die Sonne bringt es an den Tag: Das Melanom, was keiner mag.

Die Gedanken sind frei, doch das ist den meisten einerlei.

Unter Blinden wird der Einäugige zum Samariter.

Arbeit macht frei - von Depressionen: Das Sinnlose kann ruhn hat man Sinnvolles zu tun.

Alles hat seinen Preis - außer dem großen Los.

Lügen haben kurze Beine und kommen nie aus den Kinderschuhen heraus.

Reden ist Silber, Schweigen ist Gold: Vor allem wenn man abgekupfert hat.

Weg vom Fenster - das ist eine aussichtslose Situation.

Ich lasse die Sau raus, wenn ich meinen inneren Schweinehund nicht im Griff habe.

Der Tod ist ein Meister aus Deutschland, der einmal viele üble Gesellen hatte.

Wo man singt, da lass dich ruhig nieder: Böse Menschen haben Schlachtgesänge!

Krieg den Palästen? Dann aber so, dass sie als Touristen-Attraktion noch brauchbar sind.

Haustiere: Jedem Pläsierchen sein Tierchen, doch imponieren kann man nur mit großen Tieren.

Sein oder Nicht-Sein: Wie menschlich bin ich gewesen als menschliches Wesen?

Sein oder Nicht-Sein: Arbeit oder arbeitslos.

Es gibt kein liebes Leben ohne Liebesleben, bei dem wir Liebe geben und erleben.

Irren ist menschlich: Beim Griff ins volle Menschenleben greifen wir sehr oft daneben.

Ein Mohr hat seine Schuldigkeit getan, als Tor kann er nun gehen.

Nervensägen: Zahn um Zahn sägen sie an meinem Ast.

Wenn eine Religion als Weltmacht nur zur weltlichen Macht wird, wird sie zu des Teufels Werk.

Eine Krankenkasse bittet die Gesunden zur Kasse bis sie krank werden.

Ein Fersensporn, das ist auch die Achilles-Ferse der Läufer.

Sponsoren: Geldadel verpflichtet!

Es gibt keinen Mist, der nicht als Dünger zu gebrauchen ist.

APPLE: Man braucht nur in den sauren Apfel beißen, um sich dann das Geschäft zu versüßen.

Eigenliebe ist nicht alles, denn ohne von anderen geliebt zu werden, ist die Liebe nicht alles.

Den eigenen Augen kann man nicht trauen, und so begann man, Brillen zu bauen.

Per aspera ad Astrid: In der Liebe wird einem selten was geschenkt!

Altern: Zu müde zu leben macht noch nicht lebensmüde.

Kleinkinder nimmt man auf den Arm, damit sie sich früh genug an den Ellenbogen gewöhnen.

Reich und arm: Nur beim Sport werden sie miteinander warm.

Armleuchter: Das Wichtigste an ihm waren seine Ellenbogen - das leuchtete jedem sofort ein.

Der Blauäugige kann sich schlecht im Leben durchboxen und kommt selten nur mit einem blauen Auge davon.

Eine dumme Kuh ist selten eine Augenweide.

Wenn der Zug abgefahren ist, versteht man nur noch Bahnhof.

Alles fließt - und geht den Bach herunter.

Ein voller Bauch studiert nicht gern: Viel Blut im Darm bleibt dem Kopfe fern.

Bäume, die in den Himmel wachsen wollen, müssen tief verwurzelt sein.

Karriere: Wer keinen langen Atem hat, bei dem ist nach kurzer Zeit die Luft heraus.

Immer wenn es einem dreckig geht, kommt man mit sich selbst ins Reine.

Treue, das kann auch die Macht der Gewohnheit sein.

Irren ist menschlich: Verirren ist männlich, verwirren ist weiblich.

Wer nichts übersieht, hat die Übersicht.

Als er im Leben nicht mehr die Kurve kriegte, wurde er aus der Bahn geworfen.

Nicht jeden Menschen bringt Aussichtslosigkeit zur Einsicht.

Was den eigenen Ruf anbetrifft, da hört man ganz genau hin.

Als Arzt trete ich den Patienten auf die Füße, damit sie sich laufend bewegen, denn durch Gehen kommt die Gesundheit in Gang.

Man wird nicht aus dem Leben klug, sondern durch das Leben.

Als Rentner stand er auf verlorenem Posten.

Letzter Wunsch: Bitte nehmt Notiz von meinen Notizen.

Liebe: Man verliert den Kopf und gewinnt ein Herz.

Sportliches Laufen sorgt dafür, dass wir auch im Leben etwas auf die Beine stellen.

Wer mit der Zeit geht, der läuft: Wer läuft, muss nicht vor der Zeit gehen.

Laufen löst nicht alle Probleme, aber es hilft, sich von einigen Problemen zu lösen.

Wenn man Farbe bekennen muss, wird man blass.

Nur Schafe kriegen sich dauernd in die Wolle, und nur Kamele wollen unbedingt durch ein Nadelöhr.

Es geht einem gut, wenn man noch gut gehen kann.

Erfolg: Man muss unter Druck stehen ohne dass das einen bedrückt.

Ehrgeiz: Der Konkurrenten Fleiß macht einen heiß!

Wer mir am Herzen liegt, liegt mir auch auf der Brieftasche.

Nicht absurd: Das Absurde kommt oft der Wahrheit am nächsten.

Was einem nicht mehr aus dem Kopf geht, sucht nach Auswegen.

Er hatte alle Brücken hinter sich abgebrochen, sodass seine Verfolger baden gingen.

Man muss schon auf den Busch klopfen, um zu sehen wie der Hase läuft.

Die Chemie stimmt, wenn man den anderen gut riechen kann.

Als Pessimist hat man oft schon im Urin, was einem an die Nieren geht.

Neidvermeidung: Unter meinesgleichen lasse ich mich gern für dumm verkaufen.

Bei einer freien Rede nimmt man kein Blatt vor den Mund.

Depression: Wenn man aus der Talsohle herauskommt, ist man bald über den Berg.

Angeber: Wenn sich andere dicke tun, mache ich mich dünne.

Der Baum der Erkenntnis hat seine Wurzeln im Erdreich der Erfahrungen.

Den Augen kann man nicht immer trauen, eher gilt das für die Augenbrauen.

Der Blauäugige kommt selten mit einem blauen Auge davon.

Der Blauäugige sieht die Zukunft rosig.

Wichtig ist, dass Dein Werk überlebt; aber wichtiger ist, dass es Dir hilft zu überleben.

Das Leben erscheint einem oft sinnlos, aber selten nutzlos.

Wir wollen gerne anerkannt sein, aber wir wollen nicht so gerne erkannt werden.

Es gibt Augenblicke im Leben, die nur aus einem Augen-Blick bestehen.

Schwarze Schafe kommen meist ungeschoren davon.

Falsche Freunde sind richtige Feinde.

An Weihnachten werden die Menschen weich wie Kerzenwachs.

Es sind gerade die Egoisten, die gut miteinander auskommen.

Manch einer verliert sein Gesicht, weil er gute Miene zu bösem Spiel macht.

Binsenwahrheiten gehen selbst nicht in die Binsen.

Zu dem, was einem Wurst ist, sollte man auch nicht seinen Senf dazu geben.

Als man ihm auf den Schlips trat, platzte ihm der Kragen.

Sexualität ist die Anziehungskraft, die oft mit einer Gravidität endet.

Vorsorge: Der gesundheitliche Imperativ ist kategorisch.

Sexualität: Die äußere Zierde lockt die innere Begierde.

Dem Dünnhäutigen geht viel unter die Haut, doch er wird nie ein dickes Fell bekommen.

Wenn die Erinnerung lebendig wird, ahnen wir, wie viel Zeit wir totgeschlagen haben.

Die Zeit, die wir totschlagen, wird aber auf die Lebenszeit angerechnet.

Er stand auf Ihr - und Sie wirkte betreten.

Wenn man vom Hölzchen aufs Stöckchen kommt, wird der Gesprächspartner stocksauer.

Wenn Alkohol fließt, lässt man sich leicht beeinflussen.

Übertriebene Bescheidenheit ist untertriebener Ehrgeiz.

Geschlechtsverkehr ist, wenn man trotzdem liebt.

Wer zu kurz kommt, hat vielleicht eine zu lange Leitung.

Wissen ohne Weisheit ist Halbbildung.

Glück macht träge, der Unglückliche dagegen ist fleißig bemüht, glücklich zu werden.

Wer ein dickes Fell hat, dem geht nichts mehr unter die Haut.

Wohlergehen: Sein gesundheitliches Wohlbefinden kann man sich ergehen.

Man sollte die Ohren steif halten, damit einem nicht das Fell über die Ohren gezogen wird.

Maniküre: Das Fingerspitzengefühl der Kosmetik.

Beim Flirten spielt man mit dem Feuer, lässt aber nichts anbrennen.

Wo man singt, da lass dich nieder, dumme Menschen gröhlen Lieder.

Ein Medikament, was seine Wirkung verliert, wird zum Placebo.

Wenn man immer auf der Stelle tritt, ist jeder Schritt fort ein Fortschritt.

Damit man miteinander ins Reine kommt, wäscht eine Hand die andere.

Die Gedanken sind frei, aber an das jeweilige Gehirn gebunden.

Wissenschaft besteht aus Fakten, deren Bedenken zu Erkenntnissen führen.

Wer läuft, dem folgt ein Wohlbefinden auf dem Fuß.

Ein Lebenslauf ist das, was im Leben eines Menschen nicht wie geplant abläuft.

So mancher Briefkopf leidet unter Kopflastigkeit.

Mentales Training: Wie besonnen, so gewonnen.

Lügen haben kurze Beine und weiche Knie.

Schweigen ist Gold, welches nicht mit der Goldwaage aufzuwiegen ist.

Wer die erst Geige spielt, ist auch tonabgebend.

Dummheit, die Erfolg hat, ist sehr ansteckend.

Alzheimer: Musik mobilisiert Erinnerungen, vor allem Ohrwürmer der Vergangenheit.

Freundschaft hört meist da auf, wo man sich mit Gefälligkeiten keinen Gefallen mehr tut.

Ängstliche Patienten lassen sich durch Filme ablenken, oft so, dass sie ihre Ängste vergessen.

Die Liebe, das sind die Revolutionen in unserem Leben: Sie sorgen für Höhe- und Tiefpunkte, wirken also kreativ!

Im Gegensatz zum Reichen verschenkt der Geistreiche seinen Reichtum.

Geld stinkt nicht, wenn man Geld wie Heu hat, es duftet.

Freundschaften sorgen dafür, dass wir nicht von allen guten Geistern verlassen werden.

Eine Gänsehaut bekommt man, wenn man finanziell Federn lassen und gerupft wird.

Karriere: Es sind die „Radfahrer“ , die schnell in die Gänge kommen wollen.

Als peripatetischer Denker ging er in seiner Arbeit auf - und ab.

Gott würfelt nicht, denn er hat alle Gebilde des Weltalls mit Rundungen versehen.

Tiere beißen ins Gras um zu überleben, der Mensch beißt ins Gras mit einer ähnlichen Hoffnung.

Wer sein Leben selbst in die Hand nimmt, der bekommt es auch in den Griff!

Was man begreift, bekommt man auch in den Griff und wird handlungsfähig.

Der Witz des Aberwitzigen: Die Nähe zur Realität.

Wenn man die Beine laufend bewegt, kann man im Leben besser Fuß fassen.

Man möchte etwas dem Anderen mitteilen, um es mit ihm zu teilen.

Alte Liebe rostet nicht: Doch ist es meist die Liebe zu den kulturellen Werten.

Völlig falsch ist die Angst, anders zu sein als andere: Im Gegenteil anders zu sein ist das Privileg, verborgene Talente zu besitzen.

Bei einer Vernunftehe spielen Geld und Eigennutz eine große Rolle - wie beim Zusammenschluss großer Firmen.

Jeder Narziss fällt eines Tages auf sein Spiegelbild herein und hinein.

Ehrlichkeit währt lange, Unehrlichkeit macht bange.

Klug und clever: Aber beide zusammen - never!

Wenn wir den Verstand sprechen lassen, sollte das nicht ohne ein Mitspracherecht unserer Gefühle geschehen.

Hat der Arzt den Patienten wieder auf die Beine gestellt, dann geht es ihm gut, weil er wieder gut gehen kann.

Als Arzt gibt man dem Patienten den Laufpass, damit sie sich laufend bewegen.

Den Patienten geht es besser, wenn der Arzt ihm Beine macht.

Wenn einem das Lachen vergeht, kommen einem die Tränen.

Humor ist, wenn man lächelt, obwohl man nichts zu lachen hat.

Auch für die Liebe zahlt man Lehrgeld, manchmal sogar in Form von Alimenten.

Toleranz: Den Gatten der Geliebten sollte man loben und leben lassen.

Stress: Einer ertrage des anderen Hast.

Was nicht ans Licht kommen soll, wird ausgeblendet.

Eigensinn macht Sinn, denn diese Gesinnung macht Gewinn.

Wenn das Finanzamt Geld unter die Lupe nimmt, wirkt es wie mehr und größer.

Menschen, die man liebt, stellt man gerne auf die gleiche Stufe wie sich selbst.

Sein Herz war nicht intakt, weil es nicht im Takt war.

Dem anderen die Stirn bieten, das geht nur auf Augenhöhe.

Wenn er bei einer Frau landen kann, beflügelt das einen Mann.

Träume lassen sich selten verwirklichen, aber sie bahnen den Weg zur Verwirklichung.

Wer kein Rückgrat hat, der lässt sich leicht verbiegen.

Am Ende vom Liebesglück bleibt meist Zufriedenheit zurück.

Bevor man mit dem Kopf durch die Wand will, sollte man ihn sich darüber zerbrechen.

Für die Liebe tut man alles: Man nimmt sogar den Tod der Liebe in Kauf.

Unsere Wirbelsäule dient dem aufrechten Gang, unser Rückgrat der aufrechten Haltung.

Wenn ein Mann einer Frau den Hund ersetzen kann, ist er nicht der falsche Partner.

In einer Dreierbeziehung hat mindestens einer eine Ecke ab.

Die eigenen vier Wände, das ist die Quadratur des Greises.

Kreativität heißt, den Abstand zwischen Phantasie und Realität so weit wie möglich zu verkleinern.

Sage mir, mit wem Du nicht zu recht kommst, und ich sage Dir, wer Du bist.

Irren ist menschlich, Instinkt tierisch.

Nacken steif halten, wenn man schon den Kopf einziehen muss.

Gedächtnis: Aus den Augen aus dem Sinn, aber in der Erinnerung drin.

Es gibt Lebenswege, auf denen das Leben nicht in Gang kommt.

Das Schicksal geht seinen Gang, wenn wir es nicht an die Hand nehmen.

Ein Huhn, welches keine goldenen Eier legt, nach dem kräht kein Hahn.

Früh krümmt sich, wer ein Würmchen werden will.

Die Liebe erwischte ihn auf dem falschen Fuß: So geriet er in falsche Hände.

Die Hände sind die Visitenkarte einer Frau.

Er ließ seine Frau nicht fallen: Er trug sie auf Händen und legte sie ab.

Wer aus sich herausgeht, kann das nicht mehr rückgängig machen.

Wer aus sich herausgeht, sollte sich warm anziehen.

Es gibt einen Juckreiz, bei dem möchte man aus der Haut fahren.

Bei schmutzigen Geschäften wäscht eine Hand die andere - mit Schmierseife.

Urlaub: Der gebräunte Mensch fühlt sich besonders wohl in seiner Haut.

Wenn man auf den Hund gekommen ist, fühlt man sich hundeelend und nicht pudel wohl.

Der Erfolg der Akupunktur geht auf die Nerven - zurück.

Das Heimchen am Herd ist ein Stück Heimat wert.

Wer sein Licht unter den Scheffel stellt, dem kann man nicht heimleuchten.

Wie der Herre so das Gescherre: Ist der Kopf gut dran, so geht auch die Immunabwehr gut ran.

Infarkt: Nicht das Herz bricht, sondern die Gefäßversorgung bricht zusammen.

Stein-erweichend: Mit Tränen schüttet man tropfenweise sein Herz aus.

Sie setzte ihm Hörner auf, machte aber ihn zum Sündenbock.

Bevor Du verschenkst Dein Herz, versuch es erst einmal im Scherz!

Heiße Luft, das geht meist in die Hose - .

Wer mit den Hühnern zu Bett geht, ist auch der Hahn im Korb.

Die Schokoladenseiten des Lebens sollte man nicht durch den Kakao ziehen.

Im Karneval ist die Narrenkappe ein alter Hut.

Mit der Narrenkappe hat man was am Hut: Als Ventil für den Kopf eignet sie sich gut.

Fixe Ideen sollte man fixieren, aber nicht fix umsetzen.

Wer zu früh kommt, den bestraft das Lieben.

Realitätsverlust: Wenn man den Kopf zu lange in den Sand gesteckt hat, reibt man sich die Augen.

Den Kopf nennt man auch Haupt, weil er die Hauptsache im Leben ist.

Mit dem Kopf durch die Wand, das ist hirnrissig.

Wenn man sich den Kopf zerbricht, entstehen Gedankensplitter.

Der Kopf denkt, und unser Rückenmark lenkt.

Leutseligkeit ist dem Spießer heilig.

Jedes Wachstum hat Grenzen: Das gilt für das Glück, aber nicht für sein Gegenteil.

Glück passt immer: Das unterscheidet es vom Unglück.

Bedeutungslosigkeit ist auch eine Sache der Deutung.

Arbeitslosigkeit macht krank, Beschäftigungslosigkeit macht faul.

Gleich und gleich gesellt sich gern, nur die Liebe hält sich von dieser Regel fern.

Kreatives Arbeiten verlängert das Leben, weil man nie damit fertig wird.

Eine politische Koalition, das ist Schulterschluss unter steter Benutzung der Ellenbogen.

Im Alter ist man von sich selbst auf das Angenehmste enttäuscht.

Der Eigensinn des Lebens ist der eigentliche Sinn: Dass etwas von diesem Leben überlebt.

Jeder hat sein Kreuz zu tragen, aber die Kreuzwege sind doch sehr unterschiedlich.

Auch unsere Sinnesorgane geben dem Leben Sinn: Das Sinnvolle zu erkennen.

Die Kunst lebt von der Anziehungskraft des Schönen.

Die äußere Schönheit eines Menschen verbinden wir immer auch mit einer schönen Seele.

Vermehrung: Das Leben lebt von der Attraktivität des Schönen.

Das Gute ist nicht immer das Schöne, aber das Schöne ist häufig auch das Gute.

Wer ein dickes Fell hat, dem geht nicht alles unter die Haut.

Die wahre Liebe beruht auf der Wahrheit in dieser Liebe: Ehrlich und begehrlich währt am längsten.

Wenn einem gesagt wird, dass man für sein Alter noch jung aussieht, dann ist man wirklich alt.

Griffel: Wer schreibt, hat es in der Hand, Sprache in den Griff zu bekommen.

Die Zeit heilt alle Wunden, aber die Narben bleiben.

Wenn die Liebe zwischen den Beinen beginnt, ist der Weg lang, um zwischen beide Ohren zu gelangen.

Man lernt nur aus der Geschichte - des eigenen Lebens.

Schlimmer als nackt sein: Durchschaut zu werden.

Sich dumm stellen, kann sehr gescheit sein, sich als sehr gescheit hinstellen, ist dumm.

Neid ist nicht selten eine Vorstufe von Hass: Neid glimmt, Hass flammt.

Am Baum der Erkenntnis sind noch viele Blätter unbeschrieben, aber einige schon abgestorben.

Man beherrscht sich, weniger was den eigenen Willen zum Herrschen anbetrifft, als vielmehr die Angst, von etwas beherrscht zu werden.

Hohlköpfe sind vor allem bei politischen Trommlern beliebt.

Augenzeugen sind Menschen, die besonders viel Phantasie entwickeln können.

Sein Gehirn war eine Bibliothek: Bücher verlieh er nur seitenweise.

Wenn wir etwas Unfassbares nicht begreifen können, sind wir fassungslos, weil wir es nicht in den Griff bekommen.

Neidvermeidung: Wer hoch hinaus will, muss tiefstapeln.

Humor sorgt dafür, dass wir den Ernst des Lebens nicht zu ernst nehmen.

Der Ernst des Lebens hat ein trauriges Gesicht.

Im Herbst des Lebens blüht es im Paradies der Erinnerung.

Wenn die alten Lieder erklingen, bringen sie auch Demente zum Singen.

Nutze, was Dir nützt: Benutze, was Dich stützt.

Es ist noch kein Meister vom Himmel gefallen, wohl aber aus allen Wolken.

Früh übt sich, wer seines Lebens Meister werden will.

Community: Mit anderen sein, ohne wie die anderen zu werden.

Wir sind alle Menschen, aber nicht alle menschlich.

Sponsoring: Mittel für einen guten Zweck sind schnell vergeben und noch schneller weg.

Jeder hat sein Päckchen zu tragen: Doch je schwerer die Bürde umso schwerer jede Hürde.

Was einem die Sprache verschlägt, kann man schriftlich beim Namen nennen.

An Karnevalsritualen haben die Rheinländer einen Narren gefressen.

Leute, die einem auf der Nase herumtanzen, kann man nicht riechen.

Früh übt sich, wer ein Meister werden will: Training heißt dieser Drill.

Faulheit macht kreativ: Man kann die Nadel im Heuhaufen auch mit einem Magneten suchen.

Gerüchte gehen nicht von Mund zu Mund, sondern von Ohr zu Ohr.

Jeder wäre sich selbst der Nächste, wenn nur der böse Nachbar nicht wär.

Verfahrene Diskussion: Einer fährt dem anderen über den Mund.

Viele Patienten spüren die Tragweite von Übergewicht, aber zu spät ihre Folgen.

Wer Mist baut, sollte ihn umgehend als Dünger verwenden.

Dem Zweck dient oft das Mittel, nicht selten auch ein Titel.

Mit jedem Schritt kommt die Gesundheit nicht aus dem Tritt: Das Wandern ist als Knüller eine Lust!

Früh gefreit früh gereut; spät gefreit späte Freud.

Der Mensch lebt nicht vom Brot allein: Den Zahnlosen bringt schon die Kruste aus der Puste.

Politiker verbrennen sich selten den Mund, obwohl sie doch nur heiße Luft produzieren.

Die Anziehungskraft des Mondes betrifft auch unsere Augen: Wie viele Verkehrs-Unfälle hat er schon verursacht?

Sucht: Es bedarf eines starken Willens, wenn man das eigene Wollen unterdrücken will.

Boxerweisheit: Jeder Gegner schlägt einem auf den Magen.

Im Alter muss man oft die Lupe benutzen, um etwas in Augenschein zu nehmen: Deshalb erscheint die Vergangenheit immer als groß.

Summe eines Lebens: Unter dem Strich sollte die Anzahl der realisierten Fehlentscheidungen möglichst gering sein.

Sportliche Lebensweisheit: Die Achillesferse spielt bereits beim Start eine Rolle!

Mit Plagiaten, die man abgeguckt, lügt man sich in die Tasche wie gedruckt.

Lügen haben kurze Beine: Deshalb kommen sie oft auf Zehenspitzen.

Luftverschmutzung: Man setzte ihn an die Luft - er klagte auf Körperverletzung.

Stress: Wenn man zu oft in die Luft geht, geht unserem Immunsystem die Puste aus.

Kompromiss: Sei kein Frosch und schluck die Kröte!

Wenn man einem Redner nur an den Lippen hängt, kommt seine Zunge zu kurz.

Boxerweisheit: Die Linke kommt von Herzen, die Rechte kommt mit Schmerzen.

Jägerweisheit: Während zwei Hirsche kämpfen, sorgt ein Dritter für die Befruchtung derjenigen, um die es bei diesem Kampf geht.

Demut beugt und verbeugt sich, doch Demütigungen beugen einen bis zur Erniedrigung.

Not kennt kein Gebot - nur die Angst vor dem Tod.

Er war mit allen Wassern gewaschen, aber es waren die dreckigen Gewässer seiner schmutzigen Geschäfte.

Wer als Ehrlicher geradewegs seinen Weg gehen will, sollte sich dabei von Unehrlichen nicht den Plan klauen lassen.

Leben ist ständiges Vergehen und Ableben: Daher bemüht um Vermehrung von neuem Leben, welches weiterlebt und uns überlebt.

Die Kunst liefert uns Schönheit in einer Weise, dass wir nicht vom Glauben abfallen.

Die Natur der Schönheit liegt in der Schönheit der Natur.

Leute mit einer weißen Weste sind mit allen Wassern gewaschen.

Der Mensch kann unsterblich werden, falls seine Gene überleben.

Generationen: Unsere Gene werden in Gen-Rationen weitergegeben: Oft regeneriert, selten degeneriert.

Das Absurde ist die Wahrheit über die Wahrheit, die Menschen geschaffen haben.

Aus Angst vor dem Sterben wollen wir Unsterbliches hinterlassen.

Kunst: Es gibt Dinge, die kann man ohne den Glauben an Gott weder schaffen noch erfassen.

Wer abnehmen will, muss sich täglich am Riemen reißen und wöchentlich den Gürtel enger schnallen.

Der zu einem passende Lebensweg ist das Ziel.

Selten kommt man ohne Seilschaft nach oben: Man muss sich nur früh genug davon lösen. Sonst heißt es: Mitgegangen - mitgefangen.

Keine Regel ohne Ausnahme: Er hatte alles im Leben falsch gemacht, nun wartete er auf die Chance, etwas richtig machen zu können.

Die nackte Wahrheit schämt sich - und geht baden.

Aphorismen sind wie Sätze als Samen in den Wind geschrieben.

Sei wie Du bist, sonst bist Du wie die Anderen, was nicht Du bist.

Glück ist das, was lückenlos zur passenden Zeit bei passender Gelegenheit genau zu uns passt und sich fugenfrei in unser Leben zufällig einfügt.

Erinnerungen kann man nicht mit anderen teilen, man kann sie nur anderen mitteilen.

Damit die Liebe nicht erkaltet, sollte man sie ab und zu auf Eis legen.

Lege die Liebe auf Eis - und der andere schmilzt oder erstarrt.

Je klarer der Verstand, umso trüber die Ansichten über Aussichten.

Wenn man einen Menschen durchschaut, dann sieht man schwarz.

Fitness: Zu passender Zeit angepasst zu sein, um nicht passen zu müssen.

Das Pech klebt an einem: Dadurch unterscheidet es sich vom Glück.

Menschen mit Stroh im Kopf sind leicht zu entflammen.

Was glücklich macht, ist genau das was lückenlos zu einem passt.

Unsinn ist nicht immer sinnlos, aber das Sinnlose ist meist Unsinn.

Ignorieren ist nicht nur Nichtbeachten, sondern auch eine Form des Verachtens.

Das Leben liebt die Liebe - um zu überleben.

Bäume wachsen nicht in den Himmel: Das gilt auch für den Baum der Erkenntnis.

Gute Gedanken wollen zu Wort kommen, damit andere sie nach denken.

Wer ein dickes Fell hat, bekommt so schnell auch keine Gänsehaut.

Es bedarf eines starken Willens, um manchmal das eigene Wollen zu unterdrücken.

Weisheiten sind nicht selten Einsichten eines Verlierers.

Weisheit hat etwas Zeitloses, Sinnhaftigkeit etwas Zeitgebundenes.

Das Absurde ist der Humor der Weisheit.

Die Größe eines anderen anzuerkennen, das verlangt selbst eine gewisse Größe.

Der Weise muss sich selbst nichts beweisen - und anderen auch nicht.

Ehrgeiz: Man will nicht nur der Bessere von den Guten sein, sondern der Beste von den Besseren.

Was die Selbstkritik anbetrifft, sollte man immer Lehrling bleiben.

Selbstverwirklichung: Wenn man mit dem Widerstand anderer rechnet, verrechnet man sich sehr selten.

Der Dumme bleibt stur: Insofern ist er berechenbar.

Aphorismen sind manchmal auch Denkanstöße für Kartenhäuser.

Erinnerungen sind Luftschlösser, die permanent renoviert und ausgeschmückt werden.

Am Abgrund ist der Rückschritt ein Fortschritt.

Erotik entsteht aus der Spannung, wenn das Attraktive uns auf Distanz hält.

Kritik stört mich nicht: Man übt sie ja nur.

Wenn einem etwas nicht passt, fühlt man sich unpässlich, auch wenn man sich anpasst.

Bei Beschränkten ist die Dummheit grenzenlos.

Wer pfeilschnell sein Ziel erreichen will, darf den Bogen nicht überspannen.

Wenn man keinen Biss mehr auf etwas hat, geht man auf dem Zahnfleisch.

Es gibt auch Mittel, die versündigen sich am Zweck.

Wo man nichts mehr verloren hat, versucht man das Weite zu gewinnen.

Als Vorbild darf man nicht aus dem Rahmen fallen.

Am Ende seines Lebens darf man unbescheiden sein: Es glaubt einem doch keiner.

Mit dem Mantel des Schweigens vermeidet man Haut-Nähe.

Am Anfang des Denkens steht nicht selten das Träumen.

Wenn nichts mehr so gut läuft, lässt man sich gehen.

Man denkt besser, wenn man im Alleingang wandert.

Ein Pessimist hat klare Ansichten über trübe Aussichten.

Sinn des eigenen Lebens: Eigensinnig leben.

Humor ist die Würze der Weisheit: Sie wird dadurch schmackhafter.

Einem Alpha-Tier verschrieb der Arzt ß-Blocker.

Durch Sport länger im Leben und länger am Leben bleiben.

Als er den Kopf verlor, zeigte sich, aus welchem Holz er geschnitzt war.

Die Steigerung von Hoffnung heißt Erwartung.

Routine ist die Route der Macht der Gewohnheit.

Humanität ist menschenmöglich.

Auch Trostpflaster sollte man gelegentlich erneuern.

Klugheit zeigt sich auch darin, dass man sie nicht zeigt.

Falsche Bescheidenheit: Wer hervorragend ist, lässt es nicht herausragen.

Wer angibt, hat mehr vom Flirten.

Wer schleimt, wird selten zur Schnecke gemacht.

Unser äußeres Sein bestimmt unser inneres Selbstbewusstsein.

Wohlergehen: Gesundheit erwirbt man laufend auf Schritt und Tritt.

Beim Gehen kann der Kopf mehr auf die Beine stellen.

Erfahrung: Das Fehlen von Fehlern kann ein Fehler sein.

Im Feuer der Leidenschaft werden oft die Eheringe geschmiedet.

Als man sich näher kam, konnte man sich nicht riechen.

Manche gesellschaftliche Kreise kreisen nur um sich: Rotary.

Sitzen ist für die Gesundheit eine Fehlbesetzung.

Ein Steckenpferd bringt unsere eigene Kreativität auf Trab.

Im Alter besteht die Zukunft aus Gedanken an die Vergangenheit.

Im Unterbewusstsein unserer Sterblichkeit wollen wir Unsterbliches hninterlassen.

Wer vor denkt, denkt nach - und umgekehrt.

Je niedriger der Puls, umso höher die Lebenserwartung.

Kunst ist die Religion des Schönen.

Ärztlicher Rat: Treten Sie kurz und laufen Sie länger.

Dem Glücklichen schlägt keine kreative Stunde.

Ein erfülltes Leben ist nicht ein Leben, in dem man die Erwartungen anderer erfüllt hat.

Beim Küssen fühlt man der Liebe auf den Zahn.

Zeitgeist heute: Man hat nur kurze Zeit für den Geist.

Zärtlichkeit ist anrührend: Wenn uns ein Mensch besonders rührt, möchte man ihn auch anrühren.

Der Bund der Ehe bündelt, das Band der Ehe bändigt.

In der wahren Liebe ist die Nächstenliebe größer als die Eigenliebe.

Die wahre Liebe ist die immer währende Liebe.

Sein Leben ging spurlos vorüber, denn wer nur spurt, hinterlässt keine Spuren.

Die Liebe ist ein Traum - bis sie einschläft.

Die Liebe ist wie die Zahl Pi: Ohne sie schließt sich nicht der Kreis des Lebens.

Wenn man in die Breite geht, macht man ein langes Gesicht.

Langstreckenlauf: Damit ich nicht in die Breite gehe, laufe ich lang.

Geld stinkt - aber nur denen, die nicht stinkreich sind.

Ein Steckenpferd sollte täglich im Trab geritten werden.

Wer vor Wut kocht, sollte schnell Dampf ablassen, sonst wird er gedeckelt.

Erinnerung ist die Kosmetik des Gedächtnisses.

Wenn alles in Butter ist, läuft es wie geschmiert.

Laufsport: Wenn man die Beine in die Hand nimmt, so hat das Hand und Fuß.

Damit die Phantasie blühen kann, muss sie sich entfalten können.

Wer vor Gesundheit strotzt, gerne damit protzt.

Wenn man täglich geht, kommt das Denken besser in Gang.

Laufen macht vielen Krankheitserregern Beine.

Burn-out: Tue Gutes ohne immer Dein Bestes zu geben.

Manchmal ist ein großer Sinn in einem kleinen Aphorismus drin.

Leistungsdenken: Es ist schön gut zu sein, doch es ist schöner, besser zu werden.

Das Auge der Vernunft hat keinen Blick für die Landschaften der Seele.

Wer zu hoch hinaus will, ist bei seinen Mitmenschen meist unten durch.

Wenn man mit sich nicht ins Reine kommt, dann geht es einem dreckig.

Heute tut man sich damit dicke, dass man dünn geblieben ist.

Wenn noch Luft nach oben ist, wachsen einem Flügel.

Der kürzeste Weg zur Gesundheit, das sind lange Gehwege.

Wenn einem etwas einleuchtet, dann geht einem auch ein Licht auf.

Nicht alle Glückspilze sind genießbar.

Man schreibt, um zu Wort zu kommen, weil man etwas zur Sprache bringen will.

Augen sind das Fenster des Gehirns: Manchmal glaubt man sogar, beim Anblick einen kleinen Einblick zu bekommen.

Der Kranke ist auf einem Ohr hellhörig, was die Prognose anbetrifft, auf dem anderen dagegen taub, was die Änderung des Lebensstils bedeutet.

Bei einer unbarmherzigen Diagnose ist eine barmherzige Lüge nicht immer das Wahre.

Gehen hat auch unseren Werdegang in Gang gebracht, wir sollten es beibehalten.

Joggen: Seiner Gesundheit sollte man den Laufpass geben.

Der Macht der Gewohnheit haben wir für gewöhnlich nur unsere Ohnmacht entgegen zu setzen.

Ein Beruf, der zu einem passt, macht auch ohne Erfolg Spaß.

Die Orgelmusik Bachs kann einen bekehren, denn da muss Gott alle Register gezogen haben.

Es läuft gut fürs Denken, wenn man viel geht - während man denkt.

Was man von sich hält, sollte man für sich behalten.

Muskelfleisch bringt den Geist ans Laufen, Sitzfleisch bringt ihn nur zum Schnaufen.

Wer viel sitzt, für den ist der Stuhlgang in zweifacher Hinsicht gesund.

Für gesundheitliches Fehlverhalten büßt man im Krankenhaus viel Zeit ein: Dann aber wird man auf Bewährung entlassen.

Krankheit: Was fehlt einem - an seiner Gesundheit?

Der Arzt stellt den Patienten auf die Beine und weist ihm den Weg zur Besserung: Gehen muss er selbst.

Wenn man die Beine in die Hand nimmt, so hat das Hand und Fuß.

Kunst: Worüber man sprachlos ist, das muss man eben auf andere Weise zum Ausdruck bringen.

So mancher Ehrgeizige ist nur unglücklich in sich selbst verliebt.

Wandern ist Wohlergehen durch Beinarbeit.

Beim Rückblick auf unser Leben benutzen wir kein Fernglas, sondern eine rosarote Brille.

Visite: Die Hoffnung der Ärzte lässt den Patienten nicht hoffnungslos zurück: Hoffnung ist ein wichtiges mentales Placebo.

Man kann nicht alle Herz-Patienten über einen Kamm scheren: Das wäre heute haarsträubender Unsinn.

Das Tragische und das Absurde sind Schwestern, wobei das Erstere das ältere von beiden ist.

Der Klügere gibt nach, wenn er sieht, wie der Clevere vorgeht.

Nichts demonstriert die Einheit von Körper, Geist und Seele mehr als eine Krankheit.

Jede Krankheit, vor allem Hautkrankheiten, beschämen uns auch durch einen Verlust des Ästhetischen an uns.

Neid ist ein Schwelbrand, der bei Wut entflammt.

Privatpatienten leben gesünder und gehen seltener zum Arzt: Dafür sorgt die Rechnung des Arztes.

Patienten-Karriere: Als er geerbt hatte, stieg er vom Kassenpatienten zum Privatpatienten auf!

Ein Steckenpferd sollte keinen Pferdefuß haben.

Krank und krank gesellt sich gern, denn die Gesunden halten sich gern fern.

Geld regiert die Welt: Eine Sucht, die allen gefällt.

Die Uhr des Jahres wird durch Rituale angezeigt.

Durch Sport lernen wir unseren Körper lieben, bei Krankheit tritt oft das Gegenteil ein.

Wenn man einen Menschen durchschaut hat, dann gehen einem die Augen auf.

Wenn man Menschen durchschaut, reicht einem oft schon die halbe Wahrheit.

Zerreden ist Silber, Verschweigen ist Gold. Nichts sagen ist manchmal noch besser.

Wenn man nichts von einem Menschen hält, sollte man den Mund halten und es für sich behalten.

Im Sport sind die Verlierer die Mehrheit, gewonnen haben sie durch das Erlebnis!

Wer zu viel von sich gibt, ist nicht ganz dicht.

Wenn das Gewicht zunimmt, nimmt die Lebensdauer ab, und die Erdanziehung wird stärker - .

Wahrheit und Wirklichkeit sind selten identisch.

Der Ehrgeizige geizt nicht nur mit der Ehre der anderen, sondern vermehrt dabei auch sein Ansehen.

Gegen Krankheiten müssen wir uns schützen wie gegen Diebe, die uns Lebenszeit stehlen wollen.

Ein gutes Immunsystem hat auch einen besonders guten Killerzell-Instinkt.

Immunsystem: Mensch, erkenne Dich selbst und alles, was Dir fremd ist.

Es sind nicht zuletzt die Kosten, welche Kranke zu Leidtragenden machen.

Kommen tiefe Gefühle an die Oberfläche, dann brodelt es.

Manche Liebeserklärung wird geschmälert, weil sie gleichzeitig eine Kriegserklärung an den Rivalen ist.

Nicht jeder ist ein Künstler, aber jeder sollte versuchen, sein Leben wie ein Kunstwerk zu gestalten.

Die Schönheit einer Liebe besteht auch in der Liebe zur Schönheit.

Depression: Die resignative Kraft des Faktischen.

Nicht alles, was attraktiv ist, passt zu uns, aber alles, was zu uns passt, sollte attraktiv sein.

Die Quadratur des Kreises lautet: Pi mal Daumen.

Die Quadratur des Greises: Mein Zimmer hat vier Ecken - zum Verrecken.

Denkvermögen: Nur Denken ans Vermögen, was wir uns leisten, oder an das, was wir vermögen zu leisten?

Es gibt keinen Fahrstuhl zum Glück, aber eine Rutschbahn ins Unglück.

Heute zählt nicht so sehr unser Können, als vielmehr die Zahl auf unserem Konto.

Bei den roten Zahlen auf meinem Konto sehe ich schwarz.

Gewohnheiten folgen dem Takt unserer inneren Uhr.

Wer vor Wut kocht, sollte sehen, wo er Dampf ablassen kann.

Glück dauert nur kurz: Man hat immer nur Glück gehabt!

Übertriebener Ehrgeiz: Wer rasch nach oben will, ist bei anderen schnell unten durch.

Mancher Karrieresprung gelingt nicht wegen einer Achillesferse.

Man ist, wie man ist, ob man will oder nicht: Freier Wille?

Kränkungen sind wie eine Impfung: Zuerst fühlt man sich verletzt, dann mobilisiert man Abwehrkräfte.

Nur unsere Atome leben ewig weiter, denn die Natur bedient sich ihrer irgendwann und irgendwie.

Über meine Einsichten verliere ich kein Wort, Sätze müssen genügen.

Kunst ist der Versuch, dem Schönen Unsterblichkeit zu verleihen.

Das Dumme an bösen Menschen ist, dass sie meist nur dumm sind.

Jede Selbstdarstellung leidet an der Tücke des Subjekts.

Durch Untertreiben kann man es auch mit der Eitelkeit übertreiben.

Am besten passe ich immer noch zu mir: Mich anpassen, das könnte mir so passen!

Liebe heißt auch: Die Macken des anderen ohne Mucken ertragen!

Bei Politikern und Verliebten werden oft große Worte später kleinlaut zurückgenommen: Politiker sind übrigens auch verliebt - in die Macht.

Wir sprechen zwar von Freiheit, aber wir sind so von Terminen gehetzt und vielen Aufgaben verpflichtet, dass uns nur noch die Sprache bleibt.

Aus Liebe zu einem Menschen nehmen wir alles in Kauf - und kaufen ihm alles.

Weisheit entsteht wie Phönix aus der Asche eines gescheiterten Lebens: Himmelhoch fauchend.

Erfolge sollte man aus Gründen der Neidvermeidung nicht an die große Glocke hängen.

Neid ist Doping für die Motivation, den Beneideten zu übertreffen.

In meiner Heimatstadt kann man etwas sein, ohne etwas zu werden, und etwas werden, ohne etwas zu sein.

Dialekt, das ist der Humor der Sprache.

Frauen können Männer verstehen, umgekehrt ist das nicht möglich?

Behandeln kommt von Hand: Dazu gehören auch Streicheleinheiten.

Wenn man die richtige Fährte aufgenommen hat, dann nimmt man auch Fahrt auf.

Wenn man mit sich eins ist, ist das Leben halb so schwer.

Alle Frauen sind schön: Es gibt nur einige wenige, bei denen man das noch nicht entdeckt hat!

Durch Sport fühlt man sich pudelwohl: Das ist des Pudels Kern!

Wenn man immer in die gleiche Kerbe haut, bringt das auch den stärksten Baum zu Fall.

Ein Stammbaum ist der einzige Baum, bei dem einige Zweige in voller Blüte stehen, während andere absterben.

Schlager: Schmalz liegt einem - in den Ohren.-

Ein gemeinsamer Feind schafft Freunde ohne Freundschaft.

Bildung heißt: Wissen individuell so verarbeitet zu haben, dass es an Wert für einen gewinnt.

Beim Sprung über den eigenen Schatten profitieren wir nur vom Anlauf, denn der Sprung gelingt selten.

Es gibt keine Kritik ohne eine Prise Neid.

Der Egomane kreiste um sich selbst: Das war der Mittelpunkt seines Lebens.

Vernunft und Unvernunft halten sich meist die Waage, ausschlaggebend sind immer die unvernünftigen Gefühle.

Mit geballten Fäusten kann man sich nicht die Hände geben.

Resignation ist die Signatur der Hoffnungslosigkeit.

Das Glück kann man nicht fassen, es sei denn um eine Taille.

Nicht alles, was einen beflügelt, bringt einen auch nach oben.

Unsere Langeweile vertreiben wir mit Kurzweiligem.

Im Sport hat man nach einer Niederlage eine zweite Chance. Im Leben ist das nicht so.

Ein Kuss ist ein Lippenbekenntnis, welches einem schon länger auf der Zunge liegt, seitdem man auf den Geschmack gekommen ist.

Intelligenz zeigt sich in der Fähigkeit zur Selbstkritik.

Bei der Prognose einer Krankheit hat der Liebe Gott Gottseidank noch ein Mitspracherecht.

Was Schmuckgeschäfte betrifft, so leidet manche Frau an der Schaufenster-Krankheit, ohne dass Sie Durchblutungsstörungen an den Beinen hat.

Wenn es nach der Fassade ginge, hießen viele Menschen mit Nachname Potemkin.

Fast alle Wege nach Rom führen über Canossa.

Er hatte sein Leben vergeigt: Trotz guter Noten hatte er den Bogen nicht heraus.

Wunschlos glücklich, das ist hoffnungslos.

Wenn man den Kopf verloren hat, sollte man sich auf sein Bauchgefühl verlassen.

Gedankenblitze, die einleuchten: Erleichterung in lichten Momenten.

Sport außer Haus ist besser als Medizin im Haus.

Eine Ehe rentiert sich - durch die Rente.

Ehe, das ist die Hölle im siebten Himmel?

Durch Schaden wird man klug, durch Schadstoffe nicht.

Ein Sprichwort spricht die Sprache des Volkes, ein Aphorismus hält sich für etwas Besseres, doch für ihn ist ein Abstieg ein Aufstieg!

Wenn die Liebe blind macht, verliert man seinen eigenen Weg aus den Augen.

Ein Ziel haben heißt: Wege dorthin suchen.

Der Weg zur Scheidung führt oft über vermintes Gelände.

Im Dritten Reich war nicht immer unter einem weißen Kittel auch eine weiße Weste.

Halsstarrigkeit kann einem bei Schicksalsschlägen den Hals brechen.

Tränen in der Liebe, das ist wie Öl ins Feuer.

Im Übrigen: Aphorismen zwingen die Sprache in ein Prokrustes-Bett: Sie müssen aus einem Satz bestehen - nicht zu lang und nicht zu kurz, auf Witz gebettet sein und von Pointen eingerahmt.

Was lange währt, verjährt.

Chronische Erkrankung: Was lange währt, zehrt.

Der Status quo ist das Ziel des Glücklichen.

Fitness-Boom: Profit durch pro fit.

Bei einem offenen Bein empfängt man den Arzt mit offenen Armen.

Angst engt ein: Psychisch unsere Freiheit, physisch unsere Gefäße.

Wenn die Angst im Nacken sitzt, sollte man die Ohren steif halten.

Ein Angebot als Event, bestimmt die Nachfrage nicht gerade dezent.

Brennender Ehrgeiz, das ist nie ein Strohfeuer!

Joggen: Aller Anfang ist schwer, doch dann nimmt es kein Ende mehr!

Sprache gelangt nur über die Sinnesorgane zum Gehirn: Sogar der Blinde kann sie ertasten!

Eine Versicherung zahlt sich aus, wenn sie nicht auszahlt.

Sprichworte wandern zu Fuß durchs Land, Aphorismen kommen auf Stelzen daher.

Bürger-Wehr: Dem Kleinkarierten in der Politik Schach bieten.

Wer stichelt, möchte auch den Nerv des Anderen treffen.

Aphorismen sind Gedankensplitter aus dem Balken im eigenen Auge.

Wenn in der Liebe der Ofen aus ist, ist es sinnlos, dem anderen noch leidenschaftlich einzuheizen.

Eitelkeit: Um sein Äußeres ist man bis zum Äußersten besorgt.

Jede Krankheit beginnt mit einer Diagnose, besonders leicht macht es da die Gürtelrose.

Bei der Verleugnung von Verlogenheit wird am häufigsten gelogen.

Ein Sprichwort spricht die Sprache des Volkes, ein Aphorismus hält sich für einen Aristokraten.

Wenn das Herz spricht, hält sich das Gehirn die Ohren zu.

Wer besonders gesund lebt, hat bestimmt schon einmal Erfahrung in einem Krankenhaus gehabt.

Nicht jede Asche brütet einen Phönix aus.

Als Nicht-Gläubiger war er am Ende nicht ganz bei Trost.

Es gibt nichts Schlechtes - außer man rächt es.

Je absurder die Realität, umso näher kommt sie der Wirklichkeit.

Um aus Fehlern zu lernen, kann man nicht genug Fehler machen.

Naturheilkunde: Manchmal schießen die Kräuter gegen Krankheiten ins Kraut.

Ein Aphorismus bringt das, was zählt, unter dem Strich auf einen Nenner.

An sich denkt der Mensch nur an sich.

Spott verletzt umso mehr, je mehr man die Spötter mag!

Für Mediziner ist das Rezept, sich Worte zu sparen, das Rezept!

Wenn man keine Mäuse mehr hat, dann kommt der Katzenjammer!

Ein Satz für die Katz: Man kann noch so tief fallen, Hauptsache ist, man landet weich auf den Pfoten: Tiefer Fall ohne Knall.

Gerhard Uhlenbruck, geb. 17.6.1929 in Köln, Prof. Dr. med. und Dr. humoris causa der Narren-Akademie Dülken. Studium in Köln: Medizin und Biochemie. Dann längere Forschungs-Aufenthalte in London, Cambridge und in den USA. Fachgebiete: Hirnforschung (am MPI in Köln), Lektinologie und Blutgruppenforschung (mit O. Prokop in Berlin). Mitglied im Bundesverband Deutscher Schriftsteller-Ärzte (BDSÄ), im Verband Deutscher Schriftsteller (VS) und in der Kölner Schriftsteller-Initiative AURA09. Schrieb zunächst Gedichte („Nicht für immer", 1975) und satirische Glossen („Tagessätze" in der „Ärztezeitung", und als „Hypoglossus" in der „Ärztlichen Praxis".) Regelmäßige Beiträge in der Laufzeitschrift „Spiridon" (als ein Vorläufer der Laufbewegung). Ehren- und Gründungsmitglied beim Förderverein „Deutsches Aphorismus-Archiv". Neben mehreren Aphorismen-Büchern viele Vorträge über Sport, Immunologie und Gesundheit. Mitinitiator von „Sport in der Krebsnachsorge" (LSB), dafür BVK I am Band. Und natürlich auch Bücher zum Kölner Klüngel („Humor als kölsche Philosophie"). Schreibt zur Zeit an der Geschichte von Entdeckungen, die in Köln gemacht wurden in Verbindung Kurzgeschichten aus seinem wissenschaftlichen Leben.